民国

武侠小说
典藏文库

泗水渔隐卷

民国
武侠小说
典藏文库

泗水渔隐卷

双雏记

泗水渔隐 著

中国文史出版社

序

　　吾人置身今日之社会，而言忠、信、侠、义，恒多嗤之曰迂腐，鄙之曰顽固，而不知一国一家与夫一社会之结合，端赖于此而维系之也。社会糅杂，世道则因之不平；人类混淆，善恶则因之紊乱。吾人兹欲革其积习，以恃法律乎？而有时非法律势力所可制裁者，且法律亦有时不能自处于公正之地位，自制犹不可能，求其制人，益难能矣。以恃道德乎？而道德范围浩如渊海，知者辄讥其近于空说，它无如何实力足以拘束社会与人类者。以恃神怪乎？则更蹈入虚无缥缈之乡，只可愚惑一班妇人孺子、村夫伧父而已。然则究恃何术足以救世欤？斯无他说，唯恃忠、信、侠、义四字也。试如吾人生存于社会之中，姑勿论其社会如何糅杂，人类如何混淆，苟能谋事以忠，发言以信，其本身之人格已自保全，所谓不求正人，而己先正矣。更进一步而交友以义，处世以侠，则善恶自易分明，良莠自易解判。推而至如社会自易澄清，人类自易修正，世道不平亦自易平矣。太史公修史而推崇朱家、郭解，即是意焉。

　　迩来说部盛行，坊间新出版物汗牛充栋，或书绮情，或绘社状，佳作固多，而牛溲马勃亦不少见。然关于忠、信、侠、义之

1

作，则寥若晨星，不易多觏，足证斯类作品不易着笔也。

兹读泗水渔隐此作，实创未有之奇观，亦救世度人之良作，洵提倡忠、信、侠、义之津梁也。余爱之慕极，爰赘数言，聊以代叙。

梅尘因

目　　录

第一回

王无怀失路逢人
葛周通毁家习技

话说王无怀当日在千寿寺中匿迹，半夜里兀自寻思不睡。忽地听窗外一声呼哨，开门看去，只见檐前挂着一只皮袋，正在月下晃动。摘下皮袋，就近打开看时，翻动出一颗毛茸茸的人头，活也似跳将出来。当时无怀吓得手足发颤，狂奔乱叫，直冲方丈内去。把寺中长老悟缘和那跟前小和尚从睡梦中吓起。待众人赶来檐前观觑，兀那人头却又不见，因此触怒了长老，好生厌恶。无怀哪里安身得下，天一亮时，便自悄悄出了寺门，往西而行。也不知投哪个去处，只顾循大路上走。

走不多远，却是个三岔路口，对中一条官道，两旁叉枝小路。无怀立住望了一望，只碍官路上有多人往来，但落了右边小路走，一壁思量怎生得了，却是死不死、活不活也。

这时正是秋来天气，只因亢旱不雨，暑气未退，未及晌午，一轮红日当天，没半点云彩，赤炎炎逼下地来，真个河水皆涸，草木尽焦。无怀行不到五七里路，早自汗流气喘，热得行不动。却看那路途越走越僻，崎岖难行，又是晚稻正熟，热暑在途，正似踏了热锅上行，不由得脚底起了铜钱般火疱，只熬着筋骨，跟

1

跄且走。

不知又走了几多路，看看日晏了，肚子饿得干瘪，头重得打旋，脚底似迸裂了血疮一般。又因一夜未睡，胸中万箭穿心，便出此娘胎，夜梦里也不曾经这些磨难。只觉一阵心痛，叫声哎哟，侧翻身往稻田中便倒，登时昏晕了不省人事。

正不知经了多少时候，听有人在旁叫嚷，无怀睁眼一看，只见一人头戴草笠，腰系青布长绦，赤着双足，拿把锄头，立在田塍上。无怀看了，先自一怔。

听那人道："你那后生，如何热天烈日在此行走？却是发痧了呀！"

无怀挣扎起来，立不住身，重又坐下，道："你是甚人？这是什么去处？"

那人道："这里名马官渡，我是官渡上种田人家。你且投何处去？"

无怀道："我因过路失道，其实热了行不得。"

那人道："你自痧重了，如何得行。去我家歇一会儿，待晚凉了再行。"

无怀道："怎地时打扰了你，怎得相谢？"

那人摇头道："别说这话。"

那人蹲下身，搀起无怀，无怀只是立不住。

那人掉过身，转背朝无怀道："且驮了你去。"

无怀依话，攀上那人肩膊。那人驮了无怀，拽了锄头，打从稻垄中来。行了里多路，却是个渡头，一带河水挡住去路。那人只在渡头上叫渡。远远一只船自对岸撑来泊岸，那人驮无怀下船，放在船板上坐了。

船上问道："三老，怎的背了一个人来？"

原来那人姓陈名兴，排行第三，家中一妻一女，是马官渡佃户，一路上都有认识他的。

当下陈兴道："为是一个迷路客官发了急痧，因此接将家来，叫晚凉了再行。"

船上道："却是好事，如今路上再没有施痧药茶水的，比不得往前了。"

说话间，船已到岸。陈兴驮了无怀登岸来，走入村中，转了几个弯，入一家泥墙门内，却是一片晒谷场。当中几间矮屋，矮屋旁梧桐树下坐着一个汉子，袒胸凸肚，摇着一顶笠帽儿，在那里纳凉。

只听汉子叫道："三老，怎的回来得早？背上驮的什么？"

陈兴一头答应，一壁走向屋内，把锄头在檐下丢了，纳无怀在中间屋内圈椅上坐，叫老婆烧茶，自去壁橱寻痧药。

对无怀道："务农人家，腌臜得很，客官休要笑话。"

无怀拜谢，服了痧药。

那汉子也跟进门来，打量无怀一会儿，问道："怎么？"

陈兴道："你看这客官也不像行路的人，怎经得大热天在山路上投奔？晕倒了走不得，因此驮他回来。"

那汉子道："客官贵姓？却从何处来？投奔哪个去处？"

无怀道："小子姓王，本也是无锡县人，因投亲不遇，寻眷不着，故此迷路。"

无怀说得一腔心事上来，禁不住流涕。

那汉子道："客官休悲伤，但有为难处，我便与你去。"

无怀再三拜谢，说道："行道之人，承两位义士这般看待，端的感激不尽。敢问两位尊姓大名？"

陈兴先自说了。

那汉子道："小人姓葛，名周通，现下在溧阳县城中陆大郎家帮闲。"

陈兴也道："这葛兄端的了得，却是个冷面热肠的人。"

无怀只是感激涕泣。

陈兴见无怀神色不安，似别有害病，说道："客官放心，且不要走，只管在此将息几天，好了再行。"

当下陈兴搀无怀入右边屋内，叫在竹榻上睡息了，叫老婆烧些粥汤与他吃，自去田畈看稻。葛周通陪着无怀在屋内坐。

这葛周通本是山东济南府人氏，因从小儿有点儿脾气，也生长在富厚之家，却不曾读书，只是好赌。父母爱子，因只有他一个，不曾徼压得他。当初父母在时，尚碍着几分畏惧，后来二亲双亡，越发张了胆，日夜里只在赌场上生活。输了钱便要发性，一发性子，便打得赌场上落花流水。若是赢了钱时，他定不肯息，必要输完了才息，却是输完了钱，又发性子。因此一伙子赌友看他输也不好，赢又不得，怕得只不敢和他凑赌，个个见了他跑。他偏抓着硬要来，不来时又挺出拳脚乱打。但若顺他性子，待他打罢了后，去软求他，不拘什么，恳他料理，他便一是一、二是二，照数赔偿，不少一文。后来众人都摸着他的性子，当场决不和他争吵，只让他打，次后却向他软求料理。如此赌一场、打一趟、赔一遭，把些家私渐渐打光了。

一日，济南府城来了一个和尚，挨家逐户地化缘，不要旁的，但要大青钱一百文，缺一不可，名作百岁钱。如果真真拿不出百文钱的人家，只化一文，若是有钱不肯拿出的，和尚也掉头不顾。人家都怕有灾殃，哪敢隐匿，多是争先恐后，一心情愿给他。自晨至午，已化了五百多户人家。和尚但把钱纳在大布袋

4

中，按着沿街走，一走走到葛周通家。

周通早在门前坐候，见和尚踏上阶沿来，问道："这是什么钱？亏你想得出这个名目来骗钱，倒要请你说个明白。"

和尚笑道："檀越信有缘时结缘，不信时便罢，何必多言？"说罢便走。

周通喝道："秃驴休走，你只配骗娘们儿的钱，哪骗得我们汉子头上来？"

和尚回过头来，冷笑道："看你祖上也是积德之家，如何出你这个破落子弟，开口便骂？"

周通立起身道："莫待老爷发性时，便打死你这贼秃，值得什么？"

和尚哈哈大笑道："好说大话的小子。"说罢又走。

周通又喝道："待哪里去？"

和尚疾返身问道："你便怎样？"

周通道："什么百岁钱不百岁钱？又不是皇上的圣旨，又不是古书传下来的。你若不说个明白，休想化缘。"

和尚道："我便不化，看你将钱去。"说罢，把布袋放下阶沿。

周通满心想辱没和尚，要将布袋的钱散撒街道去，趁势将手去提布袋，谁知动也不动。死劲下力，只移了一线影子，心下大惊，口中还是不服，啐道："谁学你的牛力？"

和尚道："老僧沿门五日，结缘五千，难道平白地被人将去吗？虽是牛力，却也少不得。既是你不拿，老僧去也。"

那和尚轻轻提了布袋，返身便走，头也不回。周通眼睁睁看和尚自去，心知不敌，勉强捺住性子，一肚子恶气无处可怄，只望空长叹了几声。

过一日，乃是济南府城有名泼皮名作谷大红子的四十生辰，所有近城大小在帮人物都到，免不得花天酒地，吃喝嫖赌。

几个泼皮商议道："明儿是大红子的生日，我们都要去凑热闹，葛周通那厮必然与我们合赌，这回却顺不得他的性子发了。往常发了性子时，要得他赔，如今他哪里来的钱。不如打翻了他，做个威势，趁着大红子生日，使大红子恨他也好。"

众泼皮计定，明日往谷家祝寿，早见周通来到，正在兜赌。

众泼皮道："来来，咱们一处，大家入局。"

不多时，周通输了发性。众泼皮你激一句，我激一句，激得周通大怒，一脚踢翻桌子，抢起拳头。正待发作，众泼皮一齐赶上。周通怒极，扳断一只桌脚，见头打头，见脚打脚，也有被他打走的。毕竟众寡不敌，几十个泼皮合打周通一人，周通一壁退一面打。众人赶来，直打到街中，却被众人两边截住，困在垓心。

周通力竭声嘶，正急得没法，只听一人喝道："罢了罢了，觑我面上！"

众泼皮让出一条路来，一见是个和尚，不觉大怒，骂道："干你贼秃甚事？"益发打起和尚来。

那和尚略一转身，左右只一踢，早把三五个泼皮踢开丈外。众泼皮大惊，各自躲闪不迭。和尚打散圈子，大踏步自去了。

周通看得亲切，这和尚原是化那百岁钱的僧人，急得赶上，当前跪下道："小人不知好歹，前日冒犯师父尊严，今日且承师父解救。师父若不嫌小人粗鲁，万乞收作徒弟，生死唯命。"

和尚道："你如今知道不济吗？"

周通道："小人该死，但求师父海量，许小人恳求之诚。"

和尚道："你且起来，我与你说，一不准赌，二不准喝酒，三不许逞性，四不许露锋。你若是依了，我便许你。"

周通道："如何不依，只凭师父发付。不知师父现住哪里？"

和尚道："我在南门外关帝庙挂搭，早晚要朝山去。你如愿行，随我去来。"

周通大喜，当下别了和尚，回至家中，拴束包裹，亟待要行。忽地拽住了脚，自寻思道："我若走了，那伙泼皮必到我家来打门住宿，定说我害怕他们逃去了，不如把我这屋子火化了干净。"想定，随手一把火早放个着，登时烈焰冲屋顶。贴邻闻火，都来搭救，哪里扑得灭。周通背着包裹，立在街心，只顾仰着头拍掌痴笑。但看烧了个瓦崩墙塌，一片焦土，周通踌躇满志，好生快意，方自拽开脚步，投向南门外关帝庙来，问到那个和尚。

和尚道："你这许多时干的什么？"

周通道："周通自把屋子放了火，烧得干净，从此跟师父去，不再回家来也。"

和尚道："却又使邻家担惊，你就差了，总是你私心不净。既是你烧了屋子，且在此处宿一夜，明日清早与我往泰山去。"

周通大喜，当下在关帝庙歇宿。次早，和尚提了布袋，周通驮上包裹，两个离济南城，投向泰安县来。经泰安县向北，行到泰山下。那泰山高四十余里，最高峰名作丈人峰。二人直上奔到丈人峰前，周通早是上气不接下气。

看那和尚时，却逍遥自在，提这般笨重的布袋，气不喘，腰不屈，引周通到一个茅棚里，说道："这是老僧住处。"

于是便在茅棚里指点拳脚，教与周通。有时和尚自去山下化钱，十日半月不定，但回山时，必提得一布袋大青钱来。周通一艺方精，和尚必自回山，再教别艺。如此一住五年，十八般武艺

7

件件都精。

一日，和尚对周通道："于今你自有一般能耐，且得下山。我自也要往他山去。你但记取我收你时那四戒，休要忘了。"

周通拜诺，再问和尚法号。

和尚道："后日自会知道，不需问得。"

当下周通拜别师父下山，一路闲游，走到江南来。走了三四个月，不曾遇到一个识货的人。自己又不好卖弄本事，犯了师父露锋之戒，胸中实是气闷不过。半年间来，到镇江府城，在客店中宿歇，完了盘缠，吃店主人迭次催逼，闹得满店皆知。周通寻思："若干些没本钱买卖，真如囊中探物，莫说这几个宿夜钱，便要开几个客店也容易。只是师父吩咐，即便喝酒赶赌且不许，如何干得强人勾当？若真急得没法，只好把那贼店主打一顿也罢。"正待发作，只见一人走近，与店主人说了几句话。店主人点着头自去了。

周通心下纳罕，见那人对自己打招呼，笑道："客官休生气，他们眼孔里见的是钱，也莫怪他们。我已替客官还了钱了，客官只顾安心住下。"

周通闻言，踏上一步，深深一揖道："一不相识，二不带亲，却连累你老还钱，如何过得去？"

那人道："休说这话。谁是带整千万银子出门？可笑那厮们没眼珠看人。"

周通越是感激，二人各通姓名，那人却是陈兴。

当下陈兴道："看葛兄堂堂一表，如何流连客店，可有甚事？"

周通叹口气道："谁用得着咱们？只是无事。"

陈兴道："小人家住马官渡，这回为看朋友到镇江。小人素以务农为业，有个财主姓陆名端，诨名大郎，现在溧阳县城开设米铺子，小人便是种他家的田。那大郎专好武艺，喜结朋友，店中着实要用人，不知兄长肯去不去？"

周通道："有何不肯去，咱在那里安身也好。"

陈兴道："明日还有些事不了，后日陪与兄长去。"

过了两日，葛周通果然随陈兴行向马官渡来。在陈兴家宿了一夜，同投溧阳城来见陆端。陈兴说明来意，陆端见葛周通身长七尺，面方额耸，果是个勇猛汉子，十分在意，就叫在米店中帮闲当杂，四处差拨。只是周通干些不上不落的事，总觉无力可使，不时间拳脚发痒，又不好露锋。如此半年，直是气闷不安。正想到陈兴家来，却巧因天久不雨，溧阳、无锡一带田稻都被旱灾，年成减收，佃户一律要田主看稻折收租米。陈兴也不免要陆家来看租。陆端便派葛周通前来，已到了两日，周遭都已看过。只因陈兴再三留住，故此未即回城。

当时陈兴驮了无怀回家，叫在里间竹榻上将息，周通陪着说些闲话，问长问短。无怀只是流涕不语。周通心内惊疑。

向晚，陈兴回家，周通对陈兴道："我看这王家后生病杂神疲，一时间不得好。你家正是忙碌，又没个人伺候他，不如我将去陆大郎家，也得便中调护。想大郎不争这一个人。待他好了，我自送他去。"

陈兴但摇头。

不知陈兴说出什么话来，且俟二回分说。

此回分承前开端文字，本作葛周通正传，而并传陈

9

兴与不名之僧，此虚实合传法也。葛周通以豪赌倾其家，而必偿人之失，处万难之际，而记其师训，戒其盗心，斯诚侠士矣。然而不名之僧造成之者一也，陈兴之所以助之者二也，王无怀何幸而遇陈、葛。所谓源水桃花，时时失路；幽山桂树，往往逢人。

第二回

观音庙弱女侍萱帏
千寿寺淫僧熬肉汁

话说陈兴听葛周通要将无怀去陆大郎家，对葛周通道："你该知道大郎脾气，大郎那人闹高争气，性只好武艺。这后生又不是他撞见留了来，却是你将去，又是有病的人，敢怕是他心中不快。不如且在我家将息，你只心直，不知财主家意思。"

葛周通道："不然，往常时我听得大郎说，家下只少个通文墨的人，怎时也得去找他一个。这后生是个通文的。大郎有个儿子名唤金宝，现下虽是习武艺，少不得也要读书。若是这后生真的无家可归时，也便在大郎家教书，办些文件，岂不两好？三老，你莫多心，我自理会得。"

陈兴也不言语。

再说无怀在陈家将息一会儿，虽觉身体略松爽些，只是头眩脚痛，仍不少减。心下单记惦着他父亲、舅父，不知何时再得相会。当晚葛周通来说，要带他往溧阳去，无怀这时身不由己，只得听其所止，但拱手感谢。

次早，葛周通已雇好一只船，伴无怀下船。陈兴送至船埠。船开行时，正是旭日东升，晓风初动，看一带绿水，两岸黄稻，山蝉送客，微波输凉，倒别有赏心之景，也消得无怀块垒少许。未末时分，已到溧阳县城。二人登岸，渐走陆端家来。

周通引无怀在客厅坐，自进内院见陆端，禀道："小人前去马官渡看稻，兀那个去处，一般都是害了旱魃，只有三四成收成。陈兴多多拜上大郎，乞大郎宽租折收。"

陆端道："这陈兴是个诚实的人，却也使得。只你如何去这几天才来？"

周通道："上复主人，因那马官渡附近有个后生，寻亲不遇，在路害病，被陈兴救得回来。这后生通文达礼，是个少年老成。比先常听大郎说，要找个文墨书生，小人大胆，因此留得他家来，耽误了一日。"

陆端半晌不语，问道："这人现在何处？"

周通道："小人引来客厅坐。"

陆端道："叫他进来。"

周通答应，引无怀入内院。无怀见陆端，一揖到地。陆端略不为礼，只顾打量无怀，问姓名、年岁、籍贯，因何到此。无怀只随口编些事由，也不说真名实事，但道："失路之人，远承大郎纪纲留得来此，足见大郎平日待人之恕，便是家人也做得主。今见大郎，果然名不虚传。"

陆端闻言，捋须微笑，问道："也曾读书否？"

无怀道："比先也读得经史子集几部书，近来失学。"

陆端道："能教我这儿子否？"

无怀道："郎公几岁了？"

陆端道："十二岁。"

无怀道："现读何书？"

陆端道："读《百家姓》。"

无怀道："晚生谅得教他。"

陆端道："也好。"

命周通引去外厅耳房安歇，叫造饭与吃，也给了一壶酒。

周通对无怀道："先生但安心住下，如有使用，只管叫我去。于今可要请医生来，且与先生诊治？"

无怀谢道："今日却爽健了，只将息几日，便自复原，不必费心。"

于是无怀在陆家歇宿，周通不时间问候照料，暂且不提。

却说王石田自白玉兰一死，奸淫发露，似梦初醒，悔却当初种种不是，万不合听泼妇淫词，逐亲生之子。几次三番打发人找寻无怀，哪里有个影子。正是常言道："一人藏，万人忙。"不凑巧时，便踏破铁鞋也没寻处，直急得王石田一连几夜不合眼。他本是个顽固学究，向是唯我独尊，最讲的门风声势，到这时倒受了孙济安、周青皮、柏忠信一伙子泼皮的奚落，又眼见得白玉兰、刘升那奸时模样，又走一处听人讲一处，都是他家的笑话。他思前想后，委实做不得人，心中一急，眼孔出血，身体早虚，烟漏并作，便一病不起。王石田自知无救，连忙叫人去请妻舅梁锡诚来。梁锡诚慌忙赶到，只见王石田对着自己流涕，梁锡诚叫快去请周发廷老先生来。

王石田摇手道："不必了，我自知不起，多费他走一遭，我也没颜面见他老先生。我请你来，只求你替我办了这一桩事，便是死也瞑目。"说罢，呕哑地大哭。

梁锡诚看了，不由得一阵酸心，也流下泪来，但道："你说什么事？"

王石田道："我对不起你，我对不起张凤笙父女，兼且我对不住儿子。于今我儿生死存亡未卜，天可怜见他早得回来，续王家一线香火，也略减我的罪过。我记那时我儿与陈家小女珊珊有十分情愫，那陈珊珊虽是一度落青楼，却是诗书之后，听说依旧是玉洁冰清般女子。如今米成山老先生且认作他孙女儿，想见此女不俗。她那亲生之母，据说便是观音庙忏因老尼，我却有意订她做媳妇，完成我儿心愿，不知她肯也不肯。若是肯时，待我儿回来成了婚。我今死得快了，我死后，可怜我这老娘谁来抚养？我便是这点儿意思。"说着，咽住喉咙又哭。

梁锡诚道："石田，你听我说，你想把陈珊珊先接家来伺候伯母，待无怀回来时成婚，是吗？"

王石田点头道："正是这话。"

说话间，人报梁太太来看。原来梁锡诚妻子渴念外甥无怀，见王石田慌忙请梁锡诚去，道是有了下落，因此急得来探视。

梁锡诚听他妻子来，对王石田道："正好，我叫内人去观音庙与忏因老尼说，叫忏因去米家和她女儿细细讲了，最好叫她女儿立刻来见一面。"

王石田连连点头。梁锡诚与他妻子讲了备细。梁太太也自急着，立即便行。梁锡诚仍至王石田病榻前问话，说些身后家事。忽见王石田变了神色。梁锡诚一看不妙，叫快请余太君。早有婆子们搀扶老太太进来。王石田见了他母亲，死命挣扎起来，要想在床沿上磕头。梁锡诚连连扶住，待起不起时，只叫声妈，咯的一声，便自断了气。

余太君见此情状，也自晕了。阖家人都大哭起来。梁锡诚命上下速办身后，叫扶余太君回上房安歇，一时间满屋子但有脚声、哭声。

好一会儿，梁太太回来。梁锡诚慌忙出来问道："怎样？石田归真了。"

梁太太摇摇头，流下泪来。

梁锡诚道："不济事吗？"

梁太太道："可怜那小妮子也是作孽，前几天还在米家，如今已陪她娘在观音庙住了。"

梁锡诚愕然道："怎么米家不能住呢？"

梁太太道："不是不能住，她也有她的道理。她承米老太爷一再救济，心实不安。她娘又在庙中挨苦，实是看不过。现今米老太爷患了咳喘，镇日价在床晏息。她虽不说，依我看来，米家人不免有疏忽地方，越是骄傲人，越是难待，敢怕是因此跟她娘在庙中住，她打算针黹度日，奉侍老娘。方才姑父的主意，我也备细和她讲了，她自知命薄，说此生恐不得如意，且修来世。看她意思，终身为无怀守了，决不会负无怀。要她来王家的话，我也说过。她道：'即有此心，绝无此理。'这话也说完了，这都是她亲口对我说的话。我看这人果是个温厚能干女子，可惜红颜薄命，倒累我陪了好些眼泪。"

梁锡诚叹口气道："却也难得她。如今石田一死，这王家事该怎么办呢？真是数也命也。"

梁太太道："事到头来，又能怎么办？你只通知他近房家族长，照王家老规矩，帮着他们奉丧是了。"

锡诚道："不差，我且去找他那族长王传绂。"

于是由王传绂派了几个近房侄辈，与梁锡诚办理王石田丧葬。谁知福无双至，祸不单行，石田丧葬未毕，余太君又一命呜呼，夹着忙了半个多月，方才停当。由王传绂、梁锡诚与王石田从兄弟辈公中计议，将石田家私在族中保管了，一面派干人四处找寻无怀。所有王家男女用人一律打发走了，只留个老仆看门管宅。从此王石田家云消烟散，不在话下。

且说史卜存在那晚掣取白玉兰首级，往千寿寺廊檐下晃动人头，吓退无怀。

当时周发廷便道："无怀必被吓远去了，如今寻他，又多费了周折。"

史卜存也自悔冒失。这时周发廷听王石田已死，史卜存多日不曾到自家生药铺来，但听得街坊上说，王家找不到儿子，四处寻得可怜。周发廷心下一动，不由得踱出店门，走向同升客栈来，问那三号史客官。

店小二回道："史客官去店三天了，不曾回来。临走时但说，有周老先生来，请他房内坐，莫就是你老?"

周发廷道："正是。"

店小二开了房门，周发廷入内坐下。店小二泡上一壶茶，周发廷懒懒在床上歪下。好一会儿，不见史卜存回来，心内兀自不耐烦，肚里寻思："这浑小子，又不知和哪个婆娘去打诨，多半是被人夹缠了，不得来。我却在此待他干甚?"

周发廷起身待行，只听店小二门外叫道："周老先生待久了，客官哪里去来?"

说话时，早见史卜存跳进门来，对周发廷一揖道："老伯久待。"

周发廷道："你去哪里?"

二人坐下。周发廷道："观前街王石田死了，也没个人挂孝捧主。王家人四处找无怀，却找不到。若不是你那日开玩笑，早是父子团圆，怎得这般地家破人亡?"

史卜存道："老伯再莫提这事。当初小侄在千寿寺，本要使他认明了浪妇首级，好叫他回去。谁知他那人胆小如鼠，不待看，先自乱叫。如今小侄正自寻他，这几天来，四面八方都寻过了，东至井河浜，北至戚墅堰，南至藕村，西南近斜山马官渡一带。"

周发廷道："千寿寺出来，一路上问人，不曾见这样个后生，又没尸首发现。不提防这小小事，倒真正难下手。周围只往西一条大路，怎不投西找？"

史卜存道："老伯你不知道，往西不远，有三条路，一条通井河浜，一条直达藕村，一条通斜山官渡河，是断了的，正不知他落了哪条走。"

周发廷道："你如今怎么打算？"

史卜存道："我寻思起来，他那人多敢是被千寿寺贼当家害了。他那贼当家叫什么悟缘，谅不是个好人。前几天我去寺里问无怀，一路走入方丈，有个小和尚拦阻我道：'当家不在家。'更有个烧火和尚问我道：'你却找谁？'两个人都有些蹊跷。次后我出得方丈，往大殿走，只见那贼当家从大殿后闪过，又不是不在家，莫非是他害了人怀鬼胎？"

周发廷道："往常听说悟缘只是好赌，不曾为非作歹，却来害无怀则甚？"

史卜存道："也许那贼寺里有什么勾当，被无怀见了，因此害他。我定要去探探，看个虚实。小侄不寻得王家子回来，心只不安。"

周发廷道："你去只去，不要瞎糟了人。"

史卜存道："理会得。"

二人谈话，看看天色晚了，史卜存留周发廷在客栈，叫店小二管待酒菜吃饭。饭后，周发廷自回店去。史卜存换一身夜行衣靠，上罩一件直衫，踅出客店，绕僻静处，出无锡城，信步向千寿寺来。一径熟路，不消窥探，只打从后山下走，看那棵大树正倚着寺墙。史卜存卸去直衫，勒作一绦，紧系腰把，去树下只一纵，直耸身跳上树枝，鹦哥也似坐在树顶上张望。正对那几百间寺宇，看有好几处灯火不尽熄灭。史卜存认了认方丈去处，直跳下寺墙，踏瓦行去。在方丈屋顶瓦弄里歇了，细听寂无人声，只远远木鱼响，有人在那里做功课。史卜存翻下身，掠到地上，抬头看时，厅堂上琉璃灯半明半灭，却是那日间小和尚拦阻所在。待要进去，门已关得铁桶相似，便返身出来，仍耸身踏上瓦，绕后面檐瓦上，侧着耳听，隐隐有人声，正似脚底下来。一个鹞子翻身，两脚钩住瓦沿，直挺挺倒挂下来。探头望去，却对窗户，寻漏光处打窗缝看时，只见一个白胖妇人赤着膊，靠红漆桌子坐吃酒，贴背一个和尚，正是悟缘，也赤着膊，坐一个凳子，双手伸过妇人肋夹肢下，按住双乳，只顾搓。一面侧着头，顺口接妇人手中酒喝，两个连说带笑着吃，满桌子七零八落大盘子菜和汤。那妇人眉开眼笑，口里说肉痒。

悟缘道：“怎么你里面又痒，外面又痒？”

妇人啐一口，起来打悟缘。悟缘疾起身，抱住妇人，两步三步挨到床边，一对儿都颠入床内。隔了帐子看不见，只听嘻嘻地笑，又气喘喘地说。

史卜存大怒，转一想：“发动了，只怕又害了事。财主家自欢喜与和尚结缘，舍得他妻子去调去玩，干我底事？且不管他，自去寻无怀要紧。”史卜存缩退身，蛇行上瓦，走向大殿上来，跳下殿前石坪。

正待走右旁寮房去，忽见一人自甬道闪出。史卜存躲在廊下，看那人时，是个小和尚，左手持一蜡台，右手提着一畚箕。史卜存探头看那畚箕中满堆着拳头大白骨，心内越是惊疑，急得跟上，随那小和尚转弯抹角，开出门来，却是一所荒园，只见早有个和尚放着灯笼在那里掘好一个窟窿。这小和尚只把些白骨倒下土窟中去，填平了泥土，两个说说笑笑进来。史卜存又闪过一旁，跟他两个走。两个只顾向前跑，哪里觉得史卜存飞燕也似掠在后面。走了一阵，两个绕转藏经阁后面去。史卜存跟进，只觉一味异香，见有灯光从那小屋子射将出来，两个投那屋子里去了。

史卜存黑地里立一会儿，见没人出来，走近那屋子，往窗榻子一看，五个和尚团团坐着，地下烧着一大锅肉，正烧得沸沸地滚。

听一个道："说说这一头全牛，烧烂了也不过如此。"

一个笑道："是吗？亏你说得现成，若提净了好汁，真真小钵子也没满。你们初来，见得几多？我和老师父两个也不知烧过几十次，少说一月两头牛。至今夹着四年，也七八十头牛了。"

先一个又问道："你没吃过整头牛汁吗？"

一个答道："只是老师父吃，我们哪能够。"

小和尚插嘴道："老师父现下正在吃人汁，不吃牛汁，只让与你吃。"说得众人都笑起来。

史卜存想："原来杀的是牛，却不是人。"

只听小和尚又道："亏煞薛成那厮，摇摇摆摆，兀自称汉子，早是绿头巾戴一顶换一顶，只怕老师父吃了十几年牛汁，都被他妻子吸了去。他妻子转送与薛成，莫就是这些称了汉子？"

众和尚喝道："你这小鬼该死，倘老师父听见，不怕剁你作肉泥？"

史卜存寻思："谁是薛成？却这般不检点。"

正往下听时，忽地一阵急雨夹着斜风劈面打来。史卜存立不住，退出藏经阁，趁着雨声，尽将寮房僧舍细细查了一周，却没动静。再从前日无怀住处探了一会儿，也不见形迹。看看雨声不止，行步不得，便跳上佛阁，打了个盹。待醒来时，却是东方已白，雨霁日出。史卜存急地起身，拣僻静处跳出寺外，穿好直衫，缓步向城中来。走到城门将近，忽听有人一迭连声叫救命。

史卜存道："好作怪，青天白日，怎敢逞凶谋命？"不觉拽住了脚，侧耳一听。

欲知史卜存听出什么事来，且俟三回分说。

大雄宝殿，香积厨中，不德僧人每秽亵之不遗余力，而愚夫村妇方且禳其福而信之深，以致取祸者，可胜道哉？作者盖概乎言之。此回以王石田之死，托出珊珊之侍母礼佛，以史卜存之觅王子，托出悟缘之淫人烹牛，皆是收上展下之文。而特特实写千寿寺诸事，所以楔出薛成，明修栈道，暗度陈仓，文字之巧变也。

第三回

黑盘蛇夜斩野鸳鸯
梁锡诚误招逆螟蛉

话说史卜存将进城门，忽闻有人叫救命，听那声息，却从小街上来。转过小街，抬头看时，只见沿街一家矮屋，有个四五十岁的老儿抓住一个十五六岁的小子，按在门槛上，死命地拳打脚踢。那小子杀猪也似叫喊。门前有三五人立着看热闹，也不相劝。

史卜存见了，心中不服，踏上一步问道："老儿，为什么狠狠地打这般厉害？"

老儿抬头看了看，依旧不放松，口里骂道："逆畜，今儿不打死你，更待何日？"

史卜存喝道："老儿，不行这般打，有话尽说。"一手拉开老儿，问道，"是你何人？"

老儿白着眼答道："是我儿子。"

史卜存道："既是父子，岂无天性，如何打得这般田地？"

老儿道："先生，你不知，我父子两口儿上不戴天，下不着地，向没些田产地业。家下只养着一头牛，全靠着替人耕种车水，辛苦度日。却被这小子昨日往后山饲料，吃人偷去不见了。

寻得一夜，何曾见根牛毛来？比先时，老身常吩咐他，这后山去处不时间失了牛，切要小心看视，莫离了牛背。他偏生不听，没一顿饭时，便丢了去。如今老身待哪里活？早晚终是死，先打死他也罢。"

老儿说罢，看看儿子挺在地上只哼气，也自哭起来。

史卜存听老儿言语，心内明白，对老儿道："我且问你，若像你这头牛，现下市价值得几多？"

老儿道："我这一头牛比人家更讨好，少说也要六七十吊钱才买得来。"

史卜存去怀里取出些碎金，给予老儿道："这些金子也换得八九十吊钱，你将去买头牛，好好儿过活，再不要打你儿子。"

老儿见了一怔，不敢收。

在旁闲汉们道："范老爹，这位先生既做得好事，你且收了。"

老儿方才接取，扑翻身磕头，再三问史卜存姓名。史卜存哪肯说，一溜烟跑出小街，走进城来，一路寻思："这贼秃奸淫窃盗，无所不为，直如此大胆。再不治他，见得天道也无！"

思量时，已来到珍珠街上，抬头望着酒旗飘扬，正是惠泉酒楼。史卜存想："且去沽饮两盏，消夜来饥渴。"一步踏上酒楼，直去阁儿上坐定，叫酒保端酒，安排些鲜鱼肥肉，连饮了五七杯。

只听楼下一声吆喝，五六个酒保去扶梯上招呼。遂见四个汉子笑上楼来，为头一个大汉，身长八尺，腰宽两围，眼如铜铃，鼻若悬胆，生得一脸黑麻。左腮下一勒须髭，约有二三寸长，狼形鹤步，踱上楼来。后面三个汉子跟着，都是穿时下流行衣服。四人拣一个傍窗酒座坐下，与史卜存远远相对。史卜存看大汉行动相貌，全是北方人模样，三个也是一路。又见酒保接上忙下，奉承不迭，早料着七八分，莫是本县胥吏们？心中疑虑，乘酒保斟酒时问道："这些是什么人？"

酒保道："客官不知？"

史卜存道："正是不知问你，那黑大汉是什么人？如何生得这般蠢鲁？"

酒保道："客官说得轻些，这位成爷是无锡县有名大爷，向开面筋店。如今发了财，城内城外五六家面筋店都是他老人家一手开设，有名叫作黑盘蛇的便是。客官如何不知？"

史卜存道："却不曾听得姓成的有这般好汉。"

酒保往后一望，发话道："哪里是姓成，他本姓薛，单名一个成字。"

史卜存道："原来就是他。"

酒保笑了点头，问："客官还要酒吗？"

史卜存道："再把两壶来。"

史卜存一头喝酒，一头便格外留心薛成动作。只见薛成对坐一人问薛成道："后日家母生辰，不知大娘子烧香得归也未？家母一向想念大娘，怎得见面也好。"

薛成道："她去常州烧香，清凉寺、白龙庙、水月庵都得待去，有的几日耽搁，不见得便回。若是她回时，理当往府拜寿。"

那人道："不敢，只是家母记惦大娘，一连说过几次。到那时自叫小人来恭请。"

原来薛成这人虽是面筋店伙出身，却也生性落落，不做细琐妇人之事，看得钱财素轻。现下面筋生意出名，远近都往无锡来买，更比不得往前，益发手头轻松，但凡有失路客人、没生意贫寒子弟投他去时，总得酒饭管待，打发盘缠，因此远近都感激他。只他也有些脾气，三句话不投机时，拔出拳头，不顾性命，从小儿学些拳棒，气力无比，因此人又怕他。为他面黑又麻，似条黑花蛇盘在脸上，人不犯他时，他不犯人，因此上取义，惯叫他黑盘蛇。

薛成生来天性不近女色，但看他这副面孔，便女色也不能近。薛成不合讨一个老婆柳氏，生得肥鹅般白胖，杨花也似飘逸，水浪也似流倜，只无处发泄她些风骚。就为千寿寺是个大丛林，每日有几百僧众打斋，来薛成店里买面筋。也是缘法前定，巧遇了悟缘，自来店中算账，与柳氏一对儿厮会，眉来眼去，各自肚里定了情，约日便在千寿寺禅床坐花指果。一个爱杀她又肥又多钱，一个且喜他洞房深处，鬼也不得见。两个搅得火也似热，却没人识得破。柳氏一来便烧香，两来便拜佛，只推说常州镇江去，却日夜里在千寿寺寻快活。

当下薛成与那人说大娘事，史卜存自是明白，想道："你这汉子直这般糊涂，怎的讨这个腌臜老婆，兀自不知？也枉有了好名声。如今我不点破你，谁来点破？"

史卜存想时，叫来酒保，又问道："这成爷现住在何处？"

酒保道："只就在珍珠街口薛隆茂面筋店后面，便是他家。"

史卜存也不言语，还了酒资下楼，自去同升栈歇了一会儿。待日没西沉，吃罢晚饭，缓步来珍珠街口，寻到薛隆茂字号，问了薛成住家，入门叫道："成爷在家吗？"

当杂的出来接道："是谁找大爷？"

史卜存道："是我，请哥们通报，有话与大爷面谈。"

当杂的迎史卜存在客堂上坐，进去通报。好一会儿，薛成出来，打量史卜存，却不认得。

史卜存道："成爷莫怪，小人有话面白，借一步说话。"

薛成点头，引入里间来。当杂的舀茶递烟，退出外去。薛成叫把门拽上了。

史卜存道：“久仰尊兄英雄了得，今日却得拜识。但听江湖上人说，兄长治人不治家，小人当初只不信。”

薛成不耐烦道：“足下此来却为何事？倘或有人欺负足下，或足下缺少盘缠，只顾直说，小人自当效劳。”

史卜存道：“小人正为兄长家下事来，非干盘缠、欺负之事。兄长一世英名，却被家下人扫地已尽。”

薛成道：“这话何来？想我家只有妻子一人、家丁几人，并无为非作歹，如何败坏声名？”

史卜存道：“且问成爷，尊嫂现在哪里？”

薛成道：“三月前与县前徐婆婆往常州清凉寺烧香去了，只在常州亲戚家住。”

史卜存道：“只怕未必。”

薛成怒道：“你莫是特来挑拨我？薛成平生无半句虚话，谁不信来！”

史卜存道：“兄长差了。常言道：‘耳闻不如目见。’兄长可曾眼见尊嫂在常州？小人却眼见尊嫂在这里。”

薛成道：“什么话？你只直说不妨，别使我焦急。”

史卜存道：“兄长休气苦，尊嫂实不往常州，只在这里千寿寺与那贼当家悟缘一处宿歇，但瞒得兄长眼。”

薛成闻话，托地立起身来，睁着圆眼，执住史卜存胳膊喝道：“哪里话？真个有此事？”

史卜存道：“小人眼见来，不敢谎说。兄长不信，只去县前一问徐婆，这便知道。”

薛成怒极，转身去壁橱掣出尖刀，插入腰把，回头对史卜存道："兄弟，你坐一坐，我去斩了贼男女头来。"

史卜存道："成爷息怒，却慌张不得。那贼寺里现有几百僧众，倘有失脚，不是耍处。我陪与兄长去，但不可声张。"

薛成道："好兄弟，我向昔交朋友，赔话赔酒赔钱，哪有个人替我着心？亏煞你素不相识，倒来说句话。你却姓甚名谁？好使我记得。"

史卜存道："小人姓史，名卜存，知得成爷，敢多这嘴。"

薛成道："我性急，要走得快，你赶不上，在后却来。"

史卜存道："只一路去。"

两人慌忙出门，飞也似跑到千寿寺。

薛成要撞门，卜存拦住道："兄长，你不知道，这贼寺里几百间僧舍，你若打门惊动时，早吃他们逃走。你只在后山等，我先进去开了门，你但从边门进入，须要悄悄地走，我自会引你去。"

薛成答应。两个来到后山下，只见史卜存一耸身跳入墙去。薛成看得呆了，只紧紧握着尖刀在门外等。不多时，但见一条黑影，史卜存开出门来，携着薛成入内，暗是摸索，穿门夺户，走了一阵。见有灯光，两个猿猱也似跳上楼。

史卜存立住脚，指着门道："你瞧！"

薛成打门隙一看，只见妻子柳氏和悟缘两口儿赤着膊在床上呵痒。薛成一怒，非同小可，大吼一声，顶对那板门猛力一脚，豁剌剌声响，早踢得门板七零八落，飞上天花板。里面悟缘、柳氏吓得魂不附体，躲闪不迭。薛成直冲而入，只把尖刀对准悟缘小肚一刀，早戳翻在地，趁势把刀头往上一刹，刹出小肠膀胱来。转身去杀柳氏。

柳氏急得喊道："成爷，你听我说……"

26

话没说完，手起刀落，正着个心窝，拔出刀来，连戳了几刀。转身再看和尚时，尚自把眼翻动。薛成看得较切，只一刀，斩下首级，方才返身出门。走到半扶梯，见史卜存立在扶梯下，已打翻了三五个和尚在地。又有几个和尚提着火把枪棒呐喊齐来，哪里是薛成、史卜存对手，又被薛成戳翻了三四个，团作一堆。薛、史二人拔步出寺，薛成在前，史卜存在后。薛成杀得性起，三步并作一步，闯入城来，直去县前徐婆子家。那婆子有个儿子，名作徐水乙，是个打铁匠，这晚正去街上赌钱，不曾回来，因此大门虚掩。薛成一撞便入，闩好了门。

那婆子听得响动，道是儿子回家，在楼上床里叫问，正坐起身来剔亮灯，忽见薛成站在面前。婆子吃了大惊，待要喊时，早被薛成一手叉住，一手掣出尖刀，对胸戳了命终。薛成仍把婆子放下，盖好被褥，剔灭灯火，拽上房门，走下楼来。又把大门虚掩了，慌忙奔回家中，把些银两在身，拣了几套轻便衣服，拴束包裹，藏好尖刀，一言不发奔出门来。家人不知其故，也不敢问，只道是送客远行，依旧关闭门户睡了。薛成一溜烟窜出城外，只往北行。

约行了半里多路，听背后有人追来，看看已在眼前。薛成也不害怕，掣出尖刀在手，听那人道："成爷，是我！"

薛成迎近一看，是史卜存。

薛成道："兄弟，还有何言？"

史卜存道："兄长此去，小弟放心不下。方才兄长出城时，小弟在后把守，却喜没人瞧见，因此追上与兄长说句话。今日之事，全是小弟多嘴，使兄长星夜奔命，实是衷心不安。明日案发，免不得行文缉捕，万望兄长在途保重。"

薛成笑道："兄弟，我虽是个鲁莽汉子，却是落落丈夫。今日之事，不是兄弟说句话，哪还有人敢说话？我只在梦中，吃人要笑，算得什么汉子？却才杀得好血腥，正是快活！若说这无锡几家面筋店，得来时不喜，失掉时不悲。我若走北边，得一日安命立身，不强似在店中做个买卖木主？兄弟，你只顾放心，我自理会得，日后再得相会。"

史卜存道："虽然如此，小弟只是不安。小弟现带得黄金十两，送与兄长，在路上喝杯酒。虽则兄长不需些个，也是小弟一片心，万望收下。"

薛成道："我也带得些银钱在身，不需许多。兄弟客边，却少不得。既是兄弟怎地说时，各分一半。"

史卜存见薛成是个爽直人，也只得依允了。二人相别。史卜存见薛成去远，方才进城，回同升栈宿歇，心想："何不早遇了这人，今忽遇了，却又散了。"思来想去，一夜未睡。天一明时，只听街上沸沸地传说，本县闹了人命大案，无锡县薛应瑞去千寿寺验尸，又回至县前徐水乙家也验了，共杀死大小和尚四名，受伤五名，又杀死妇人两名。有当场认得薛成的和尚，说凶手便是薛成，更有不知名之帮凶一人。薛知县立即发签饬拘薛成到案。

差人回报："薛成在逃，但拿得几个家丁店伙。"

薛知县问了口供，情知是薛成捉奸逞凶，与他们无涉，都交保释放了，但将薛隆茂及其余几家面筋店尽行发封入官，一面行文各府、州、县协缉凶犯。薛知县因本管迭犯人命大案，又皆凶手无着，只得自请上峰处分，照例申行公事。

史卜存听了这番话，觉得久住无锡不妙，未免有个山高水低，闹出事来，虽不打紧，于自家声名须不好听，决计也走往北去。当日检点行囊，还了店资，来周发廷生药铺辞行。正值周发廷陪客说话，史卜存见那客人好生面善，一时记不起是谁，通了姓名，才知是梁锡诚。

史卜存因自己晚辈，不便插言，只好默坐，但听梁锡诚道："内人这病多半是急出来，万恳老先生再看一趟。愚夫妇都年将花甲，真如风前之烛、瓦上之霜，其在人世，尚复几何。如今无怀失踪，又没个半男一女。自古道：'积谷防饥，养儿防老。'想起身后事，怎不心伤？现下只待继房儿子进来，也给内人冲喜，一面仍请老先生妙手回春。"

周发廷道："不消嘱咐，自然效力。稍等会儿便来尊府诊治，你说的继房，现下究是哪个？"

梁锡诚道："还有谁呢，寒族祚薄，就只几个侄辈。最近的便是银保，他是我同曾祖嫡亲从兄的儿子，他爹娘早亡故的了，向在姑母家抚养长大。现年十九岁，人品倒还好，只不知心术如何。"

周发廷道："我也见过，聪明看眼目，这人倒是俊俏得很，只要好，同亲生儿子一样的，有什么两肚？"

梁锡诚道："我也是这样想，只是女人想头又不同。"

两个老儿七牵八扯地谈了一大堆，都是些迂腐十足的话。史卜存实在觉得头痛，只顾把眼白着梁锡诚。好一会儿，梁锡诚走了，史卜存方将来意和周发廷说。

周发廷道："确是住不得了，这回千寿寺和尚定有认识你的，比不得前次。但你走北方去，越要小心，切莫丢你师父的脸。凡事要忍耐，不可锋芒太露。"

史卜存唯唯应命，拜辞周发廷自去了。周发廷也便走梁锡诚家来，给梁太太按过脉，开了个药方，与梁锡诚说些闲话。

这梁太太一来年高，二来病入深，三来心思重，怎医得好，幸亏是周发廷下的方，得多迂命了几天。梁锡诚但忙得办承继，东请客，西办酒，写文书，告宗庙，一连忙了七八天，方把梁银保承继进来。

这梁银保，品貌一等，口齿伶俐，俨似个大家公子模样，却是绣花枕茅草心，肚里不清爽。又从小没了爷娘，在姑母家自说自话，由得他去，谁做恶人讨没趣，渐渐习惯了，便难得挽回。也是梁家气数将尽，继进这个宝贝家。可巧他入继这日，梁太太断了气，百忙里奉丧事、做道场，闹了一个多月。梁银保日间扮着孝子，抽空儿只往外跑，一地里无处可玩，但在街头巷尾掷骰子、抽牌签，无件不来。

这一日，正在巷口掷老六，捋起袖子掷得起劲时，忽觉有人拍自己肩胛。回头一看，只见两人对着自己作揖道："恭喜少爷，恭喜恭喜！"

梁银保看了不认得。那两人一边一个，拖了梁银保便走。

毕竟那两人是甚人，且俟四回分说。

　　写薛成不恋色，不贪财，闻过则喜，出言必信，人至如此，虽圣勿远，岂独侠哉？此从大处落墨，极写薛成。篇中写薛成前，先有酒保一段文字，写梁银保前，亦有周、梁对语一段文字，文情错落，有条不犯。

第四回

梁银保浪走花丛
陈珊珊横遭淫劫

话说梁银保在巷口掷骰，忽地被两人拖了远去。两人不是别人，正是孙济安、周青皮。

梁银保看看不认得，心中惊疑，问道："怎么回事？"

两人拖至僻静处，放下手来，又一揖道："少爷不认得小人们，小人们却认得少爷。当初少爷在姑太太家不是和井河浜小狗子常来往吗？小人们在小狗子家见过好几次面，当是贵人多忙，记不起了。这回听少爷承继过房，小人们一片心要来道贺，只恐踏不上高门槛，不敢来。天幸在此遇到少爷，小人们略备淡酒，请少爷吃一杯，少爷但觉赏个脸。"

梁银保想："在姑母家时，原和小狗子来往，莫就是小狗子的朋友？也许见过几次面，忘了。"待要发话，两个一揎一掇，说："就到了，转个弯便是。喝了酒，细细再谈。"

原来孙济安、周青皮早听得梁锡诚继子是个不成器东西，梁锡诚有那伙家私，后日总是这继子承受，不趁这时去捞摸些，更待何时。二人情知梁银保与小狗子相识，便捏出来历，打定主意作成。当时不由梁银保分说，拖了出来，走了一阵，入一家黑漆台门来。梁银保一看，却不是酒馆，是个平常小户人家，虽堂屋不宽，却收拾得点尘不染。二人直引梁银保至里面耳房坐定，有个婆子笑着出来，与孙济安、周青皮说些话。看那婆子时，不上不下，三分像当家娘，七分像用人。无移时，婆子搬出十几碟小菜来，满满一桌，又提着两壶酒。孙、周二人拖着梁银保上首坐了，自去每边一个陪坐。

梁银保寻思："这两人正比小狗子手面阔得多了，倒是个朋友。"

酒一巡时，只见里房门帘一闪，闪出个十八九岁的姑娘来，袅袅地行近，面上微微噙着笑。

梁银保待立不立时，孙济安道："她名筱花，姓竹。"

周青皮道："这位就是梁大少爷。"

掇一条凳子，给那姑娘在下首坐了。梁银保不敢正面觑她，只一眼两眼打着瞅，心下早自有些热扰扰。听孙济安、周青皮说话，只顾嘻嘻笑，笑转头时，又去看筱花。只见筱花也不时看自己，梁银保坐不得安，不时间搔头剔指卷袖口，酒菜也不想吃。孙济安、周青皮看了暗好笑。

一时酒罢，周青皮出了个主意要耍牌，梁银保巴不得多坐歇。婆子答应，自来凑一股，四人入局。筱花坐在梁银保旁边看闲，不时间插嘴，说打那一张、这一张，两口儿兜上话。筱花贴近身来，说笑时往梁银保大腿上一捏。这一捏，不由得使梁银保浑身中了魔，心内五鼠闹东京也似跳个不住，一头打牌，一头也张着胆，伸手去捏筱花。两个捏来摸去，暗底下厮闹了一阵，搅得脚底都热。四人胡乱打了几圈牌，也要走了。

周青皮道："我先走，有些事儿等不及，孙哥陪梁少爷再坐一会儿。"

孙济安道："你只管先去，我自送梁少爷回家。"

周青皮去了。

孙济安对那婆子道："我和你说句话。"

婆子笑着点头，两个走入里面去了。梁银保喜得没人，和筱花坐一处，问几岁，问在这儿住几年了，便揪肩搭背，动手拉裤子。

筱花捏住道："却使不得，被人见了不好看。明儿你独自来，休和他们一处。"

梁银保也听里面婆子和孙济安连说带笑地出来了，只得罢手。孙济安方才引梁银保回去。

梁银保回家，心神不定，头脑只吊在筱花大腿上，一刻不等地想出来。

次日，抽空儿一闪，早闪到筱花家。这便比不得昨日，也顾不得婆子。因梁家门禁，夜里不许出门，便不得不白日里了心愿。如此一来一往，也不止一日。筱花原是私门子，要的是钱，少不得和梁银保开口。梁银保一来新入继，手中无钱；二来不懂这些玩意儿如何付钱，只逼不过，回家偷些衣服器皿出来，将去周青皮变卖。

周青皮道："这个值得什么。你老人家不是和钱铺子、金银店都有往来？你只拿个折儿，去那店里支一笔，谁信你不是梁家大少爷？只暂叫他们不报账，瞒着老儿些个，你要多少支多少。"

梁银保大喜，依法去做，果然支得好一笔银两来。当下还了筱花的钱，也分些与孙济安、周青皮。一人有钱，谁不奉承？梁银保腰包充裕，走一处有人笑迎一处，也不稀罕筱花一个，但凡城中私门娼妓，由着孙、周二人前引，都去理会。凭梁银保这副人品资财，有何不拜倒，早闹得花空柳尽。只梁锡诚前因失甥，今悲失偶，年老伤心，不喜外出。旁人不干己事，谁去把梁银保行为告知他？他单道是梁银保好动出游，也为是儿子初始承继，又乘着父子之间不责善的意思，也懒得管他。因此梁银保一发如了意。

过几日，乃是梁太太生辰将近，早是断七过了。梁锡诚想起夫妻一世，不曾有半星儿差池，如今她倒先去了，独剩了我，不如乘我在时，给她做一场阴寿，安安亡灵，少不得打几日水陆大醮。梁锡诚又想："那观音庙忏因老尼，母女两口好生凄苦，比先时太太在日，常送些她银钱衣服，她一性孤傲，终不肯收。如今太太亡故，我又不曾到她那儿去，不知怎生过活。不若趁此分一场功德，叫她做去。那时送她的钱，她便不好推。又加是太太向来信服她，也比别的和尚、尼姑好些。"梁锡诚想定，叫家丁胡成备一乘轿子，自去观音庙，当面与忏因老尼说了。忏因为梁太太的法事，如何不允，一口应承。当下定了日子，照请几个客师，就在观音庙预备道场。

梁锡诚回家，又叫胡成去千寿寺请那新当家来，也把话讲了，也叫同日安排道场。千寿寺当家有生意进门，自必不说，遵照理会自去。

转眼生日已到，两处登坛追荐亡灵。梁家堂中也设了主位，叫一伙道士礼拜水火忏，叫阴阳人宣卷，整整闹了一屋子。照例，法事开坛，须得孝眷人等跪香顶礼。梁家别无亲近嫡嗣，自是梁银保之事。当时梁银保先在家堂跪香毕，去千寿寺。千寿寺跪香回来，再去观音庙。到观音庙时，已是辰末巳初，梁银保依样在香案前叩过头，立起身来看时，满殿挤着约有四五十个女僧，数内也有年轻的。梁银保一双眼只溜着那年轻尼姑上下瞧，心下暗想："怎地好好的姑娘，怎不去嫁人，倒在这里闹鬼。"

立了一会儿，去佛堂后荒地上净手，回身进来，只见个小尼姑提着茶鼎打从廊下过来。梁银保侧转身，趁势跟上，走了一阵，却见那小尼姑走入对面房中去。梁银保立廊下厮望，只见隔廊对面屋内窗下坐着个十八九龄女郎，素衣淡妆，粉黛不施，头上绾个白髻，云鬓蓬松不整，却似有三分孝服，只在那里俯着头一针针刺绣。梁银保假意一声咳嗽，那姑娘抬起头来，正打个照面，霎时低下头去，真个芙蓉如面，秋水为神，一地里把梁银保看呆了。却见那小尼姑走靠窗槛，关了上下窗。

梁银保想道："作怪！却是谁家女儿在这里做针黹？于今时下俏姑娘哪个不见，何曾见这般可喜娘来。"

正兀自想望时，忽听有人叫道："少爷却在这里。"

梁银保回头看时，正是孙济安。

梁银保道："如何你也撞得来？"

孙济安道："我寻得你苦，又不见了周青皮，道是引你去玩，却独自在这里，莫不是又见了什么玩意儿？"

梁银保道："正是这话。这房中有个雌儿，生得怪可怜的，又不知谁家女儿，却才把窗子关上了。"

孙济安笑道："你真也不知，假也不知？"

梁银保道："如何谎你，我哪里知？"

孙济安道："这人算起来还是你表嫂，姓陈，名唤珊珊，便是忏因老尼女儿。当初她父亲死时，穷得出骨，没钱安葬，她自把身卖与窑子，葬了父亲。在窑子时，与你那表兄王无怀勾上，两下定了情。外面讲得沸沸扬扬，只你那姑父石田老儿瞧不起她，把你那表兄打得死去活来。后来米成山老儿看这人可怜，收了她家去，做孙女儿。如今米老儿也死了，没人收留她，因此到这观音庙来伴她娘生活，闲常时做些针黹卖钱。"

梁银保道："原来恁地，我道是真的表嫂，无非是个窑姐，又不曾过门。只这人模样儿直生得稀罕，我却爱她，凭你想个法子，如何下手？"

孙济安摇头道："只怕不济，这小娘有副怪脾气，不管你再奢遮些，她若不动时，休想得近她。听说她如今也一般吃素念佛，只为你表兄无怀守一世。你只想，要不然，早也有人搂了去，何待得今日？世上吃肉的都是嘴。"

梁银保道："照你说来，我便多事，终不成只这般看了休了？你且说，我哪一件不及王无怀？"

孙济安见梁银保吃气，转过来笑道："我只劝少爷当心些，别把她一般窑子姑娘看待。凭少爷这副品貌，谁说不合，只是事情要快，何妨趁她娘不在，就这时去打动她？"

梁银保道："正合我意。你只在这里等，我且进去。"

梁银保说罢，回身穿出庑廊，走檐下跨过天井，摸着那门儿窥看时，只见珊珊依旧朝窗坐着刺绣，小尼在旁理绒线。推门入去，吓得两人都立起来，半晌说不得话。

小尼旋道："你找谁？"

梁银保道："我是梁家少爷梁银保，这里做法事的小主人便是。"

小尼道："什么话和老师父说去，却到这里干什么？"

梁银保挨近珊珊，嬉皮赖脸地说道："我只和这位小姐说句话，不关老师父之事。"

珊珊见来路不清，急退开数步，问说什么话。

梁银保笑道："我爱煞小姐模样儿生得苗条，针黹做得好，再没个人似小姐般细俏多情。若蒙小姐看觑我，过一日也好，过两夜也好。"

36

珊珊听到这话，早气得浑身发抖，强忍住发话道："你既是梁少爷，有话但禀你家尊人和我母亲说。你是戴孝的人，如何这般无礼，且闯入人家内房来？"

小尼听珊珊这般说，一发上前拦逐，口里只叫着："走走！再不走时，叫人来打你！"

梁银保被两人一呼一喝，倒慌忙了手脚，只得退出门来。小尼急得把门关住，闩上了。

梁银保回至廊下，见孙济安耸着肩迎前笑道："如何？"

梁银保道："说什么！这贼婆娘羞辱我，倒叫我的父亲来。那小蹄子却要叫人来打我。"

孙济安道："少爷不知，但凡妇女们性格，若不是倚门卖笑等人，便到了极处，她也不肯明白地说，偏装个正经模样。此时只在汉子识数，好动手时便动手。刚才那雌儿既对你说，叫你禀知你家老爷，这便开了门儿。少爷如何忧恼？"

梁银保道："果有此事？也罢，我便与我父亲说去。"

孙济安唻地笑道："小祖宗，你怎么聪明一世，糊涂一时？如何可与你父亲说？"

梁银保瞪着眼，望望道："稀奇，都是你说的话，毕竟要我如何来？"

孙济安道："大爷，你听我说，她那雌儿不是等闲之辈，闲常又孝顺她娘，她虽看中了少爷，但若苟且成事时，只恐撒不过她娘面皮，以此叫你去对老爷说，只是个面子。你但说是你家老爷的意思，长时逛庙里走走，花些小意儿点恋她娘。这庙里也有几个道婆烧火娘们儿，也得给她们些甜头。这个犯不着少爷亲自去，只你备些银钱，小人将去自与少爷打发，如此里应外合，马到成功，包管你两个热洞洞过快活。"

梁银保听了大喜，遂与孙济安绕出佛堂，经道坛，出山门。孙济安又携着梁银保手，唛了一番话，叫勿与父亲得知。

梁银保自回家去，少不得往相熟钱铺子又偷支一笔款，分给孙济安将去安排。孙济安自又与周青皮说知，周青皮也哄着些由儿骗动，两个尽管消遣着去了。

且说珊珊自从移居观音庙里来，长斋绣佛，常伴着老娘一灯对坐，权按住万叠愁丝，只强颜欢笑，殷勤奉养。却不防这日间来了梁银保，做出这等举动，一时触动心思，不觉放声大哭，想自己本是名门之后，清白家世，只因穷途失怙，流落勾栏，几番遭人奚落。天幸得米老这人挽出火坑，却又遇了王无怀同心合意，明知美满不成，也算不幸之幸。谁知无怀失欢于亲，被逐失踪。于今米老又是作古。一心只在清门苦度，侍娘归山，怎想得平白地又来了恶魔？若不是向日落火坑，怎会被人这般轻侮？若不是家贫命蹇，老娘如何要替人做法事？这恶魔又怎得进来？我又在这里现什么世？便想起无怀当日，就在花天酒地时，也那般看重我，并没半句轻俏的话。到于今反受这浮浪破落子弟糟蹋，难道是前世作了孽，今世受得还不够？

珊珊思前想后，整整哭了一夜，不曾合眼。忏因老尼只忙得在道场上照料，整整三日三夜，方始圆满。来看女儿时，眼圈儿红肿，面庞也消瘦。忏因忙问："好好的又烦什么？莫是害了凉？"

珊珊口没说事，早已掉下泪来。小尼在旁把话来说了。

忏因道："人家也不知是你，总道是庵里住的没好娘们儿，胡说一阵，气他什么……"

一语未了，只听当杂婆子在外叫道："梁大少爷来了！"

忏因忙叫小尼扶珊珊进里房去，自己正起身待接，早见梁银保跨入门来，手中提着一叠纸包，对忏因一揖道："师父辛苦，家严本当来前道谢，因冒了伤风，走不动，叫晚生过来请安。有些不成意思的东西孝敬师父，也表晚生一点心，望师父收下。"

口里说话，两只眼只往里间瞧。

忏因忙道："不敢当，倒劳少爷枉驾了，且请拜茶。"

梁银保不坐，挨近里间门旁，斜着眼只顾看，笑道："听师父有位小姐在此，如何不出来见见？"

忏因道："她害病在床，不曾起来。"

梁银保道："刚才我见与师父说话，如何忽然害病？"

忏因道："实是害病了不止一天。"

梁银保道："晚生老实对师父说，自那日相见，深慕小姐，愿结一门贴近亲戚。晚生也有些家私，凭你娘儿两口，横吃竖吃不尽，又做什么尼姑，住什么庵庙？但凭师父做主。"

忏因道："小女脾气乖张，又无福命，老身是出家人，管不得她。少爷也有老爷做主，婚姻大事，岂可草草？"

梁银保道："家父一口赞成，只叫晚生与小姐说妥便是。"说罢，自顾往里走。

忏因急转身拦住道："少爷留步，且坐说话。"

梁银保道："你既不管你女儿，又不准我说话，是何道理？"

忏因道："内房不得入去。"

梁银保道："你不养汉子，我又不偷东西，怎么不能入去？"

梁银保硬着推撞，忏因只拦住不许。两个一拒一冲，把忏因推了一跤，倒在门槛下。珊珊见了大惊，急来扶她母亲。梁银保趁势跨入房内，去搂珊珊。

珊珊急得大哭起来，正没作道理处，忽听碎锣也似一人喝道："打死你那小贼！"

梁银保回头一看，只见一人五十多年纪，穿一身青布短衣裤，双手擎着棍棒，劈头劈脑向梁银保打来。

毕竟那人打死梁银保也未，且俟五回分说。

此回结叙梁氏，正叙珊珊。盖梁氏以甥为子，失甥而不得不有螟蛉，有此螟蛉而孙、周得入。孙、周入而梁氏子益猖狂，则梁家已矣！

道场者，架桥之笔，谓梁氏老夫妇情感而作，固也。然试思何关于此文？所以必曰道场，为珊珊也。道场作，则珊珊在锣鼓声中矣，然尚不易见也。必至殿后廊下，见小尼，见茶鼎，而始见之。于是而知珊珊金枝玉叶之可贵，虽在庵庙，犹是深院，良贾深藏，非己之罪，故曰横遭也。

为文必数面顾到，故为难能，今人动喜弄文，信手牵扯，多见其不知量。

第五回

范老排难痛失子
陆郎留客但为奴

话说梁银保见那老儿擎着棍棒，劈头打来，不觉哎呀一声。

忏因在门槛上待起不起时，见得较切，急得摇手道："使不得，他是梁家少爷！"

那老儿瞪着眼，方渐渐放下手来，转身来挽忏因。珊珊、小尼都帮着挽扶起身，纳在圈椅上坐了。

梁银保见老儿不敢打，越发激恼起来，放下脸怒道："你是什么老乌龟，敢这般无礼？"

老儿趁手一个耳刮子，正着梁银保白净面颊上，噼啪两声，问道："你认不得老爹，我看老师父面上，不打死你，你道我只怕你？什么少爷不少爷，简直是混账王八羔子！"

赶上又是一巴掌，打得梁银保没头没脑，流出牙血来。小尼趁势也去梁银保小腿上死劲踢了一脚。忏因连连喝住。

梁银保一头哭，一壁走着，骂道："你这老猪狗，我认得你，叫你坐十八年监牢再死，知道大爷的厉害！你这颗贼庙，一辈子都是乌龟龟婆臭婊子，早晚放一把火，烧你个个变僵尸！"

老儿听了大怒，跺跺脚又赶上去。梁银保拼命逃出门外。小尼把梁银保送来纸包一叠都丢到天井上。梁银保怕老儿追打，跑得快，骂得急，对面来了人看不见，正撞个满怀，抬头惊看时，却是孙济安、周青皮两人。

原来他两个知梁银保来庙，巴望成功，还可捞摸些媒钱，特在外面等候。好久不见出来，听里面有人哭骂，因此进来。

当下见梁银保口血淋漓，面庞虚肿，吓得扶住，问道："谁欺负你？"

梁银保手指指老儿，越发骂得响亮起来。

孙济安对老儿道："老爹，怎么回事？"

老儿怒目而视，一言不发。

孙济安回过头道："且回去，再作理会。"

周青皮道："且住，我倒要办了这些事。"

周青皮说罢，跳到天井里，把那小尼丢弃的纸包一个个都拾了来，轧在肋夹肢下，与孙济安两个扶着梁银保出大殿来。

梁银保气得一把眼泪一把鼻涕说道："你们两个竟这么无用，我被那老猪狗打得巴掌摇油也似，望得你们来了，却一屁不放，还只叫老爹老爹。"

两个也不发话，只顾扶了走，扶出山门外。

孙济安道："大爷定定心，牙齿血揩干它，面孔也揩了干净，路上难看。"一面说，一面拿衣袖给梁银保揩拭，一面又道，"且到我家去，仔细商量。"

三人一路行。梁银保道："你莫说商量不商量，你认得这老猪狗是什么人，你便打死他！"

孙济安道："容易，你休急慌，你听我说。这老儿姓范，住在城外西街上，有名烧纸老范。只要有人点一颗火，他急得自烧起来，死活也不顾，这么样一个人。人家见他年纪大些，也有三分惧他，顺口叫惯了，叫他范老爹，这是他的名字，不是我尊称他老爹。"

周青皮道："孙哥的话不差，并不是我们怕他，这人最不讲道理，发起性来，头也杀得落，何苦吃他眼前亏，只好慢慢收拾他。他今日到庙中定是挑灰料来的，闲常他播稻种麦都在近处庵庙寺观收灰料，你只看他手中拿着那条毛竹担杖，倘被打着，难道还更有命？今儿若是我们早在一处，少爷，你绝不会吃这个亏。我们究竟看得多，这个人是怎样性格，我们全知道的。"

梁银保道："打也被他打过了，还说他什么？"

说话之间，已到孙济安家，三人入来坐定。

梁银保道："端正想个法子，赶紧把范老爹害死他，替我出口气。"

周青皮笑道："公子，你说得容易，一条人命，不是玩的呢！若把钱来换人命，至少也要一千八百银子。现在少爷不是当家，哪里来这笔钱？"

梁银保道："据你说，我只好被他白打了？"

孙济安道："不是，我有个法子。范老爹家下有头牛，专靠它生活，前次他儿子范木大赶后山去饲料，被人偷去了，范老爹急得哭，把儿子打得死去活来。后来遇了个过路人，做好事，给了钱，方才无事。现在这一头牛是新买的，我们只需把这头牛毒死，难道再有人买给他？他这一气便死，少说也要把范木大打得皮焦骨烂，何必真的干人命，只此已是报仇了。"

周青皮道："端的好计，只是毒死牛也要看脚头，免不掉要花钱。"

孙济安道："世上哪有不花钱的事，便是菩萨也要买香烛去捧他。"

梁银保道："你们为我报仇，但我手头有，怎肯不花，不知要多少？"

孙济安道："不多，牛命比不得人命，我们得大爷好处多了，只望办得过去，一个也不敢要。"

梁银保道："办成了另当酬谢，只望办得紧。"

当下拿出钱来与了二人，自回家去了。

孙、周二人分了钱，又拿出周青皮拾来的纸张包儿，也分了。商量些话，当日去干。

再说范老爹在观音庙里见孙、周二人扶梁银保去后，回入忏因房内，放了担杖，见珊珊、小尼两个正侍着忏因左右抚摩伤处。

范老道："不被那畜生推伤吗？"

忏因道："不害，只背脊骨有些疼痛。今日亏煞你老，险些小女受了委屈。"

范老道："依我的性子，便一杖打死他。"

忏因道："今日事已闹大了，那小子被你打得厉害，他是梁锡诚的儿子，说起来，总是我纠人打他，却如何对得住梁锡诚？方才听说有两个地泼扶了去，必有些是非惹出来，说不得还要连累你老。我却去梁锡诚家当面赔个小心，他是个正直人，在事论理，想不见怪。"

范老道："师父身有伤痛，如何去得？既是师父恁地说时，我也挺得出。"

忏因道："阿弥陀佛，倒累你老这般赔话，只你既去，切不可冲撞梁锡诚。他是个热肠人，也是有性子的人。"

范老道："师父吩咐，我去与他赔话是了。我今日正来挑草灰，箩担放在厨下，因听得有人闹，急得赶来。请你庙里烧火老婆子替我出些草灰，我去梁家回来，便好装担。"

忏因道："你只顾去，我叫人自与你装好担子在此。"

范老点头，一径出庙，投梁家来见梁锡诚，这时梁银保正在孙济安那里说话，尚未回家。梁锡诚见范老来得突兀，不明其故，只猜是范老想租田，叫人引进来。

范老见梁锡诚，拜了两拜，说道："小人大胆，方才打了你家少爷，不是有心，不是小人好事，实是看了气不过。今日小人去观音庙挑灰料，听得有人在忏因师父房中发喊，小人赶去一看，只见你家少爷要强奸老师父的女儿。师父说：'女儿害病在床，不得进去。'你家少爷说：'偏要进去。'师父拦住房门，你家少爷猛力一推，推倒师父在地，却去抱师父女儿，女儿吓得大哭起来。小人前去拆劝，你家少爷骂小人老乌龟，小人实是气愤不过，打他两个耳刮子。后来师父说，方知是你家少爷。小人原不合打他，师父心下万分对不住老爷，要自己登门来道个不是，却因背脊跌伤，走不得动，还是小人说，情愿自己受老爷责罚，实不干忏因老师父之事。"

范老说罢，垂手立在旁边。

梁锡诚大怒，口里连说："该死该死！打得好，便是打死，我姓梁的也绝不问你老范要命。你只放心，我不是溺爱不明的人。我且问你，如今这孽畜在哪里？"

范老道："当时有孙济安、周青皮两人扶了少爷去，也不知投哪里。"

梁锡诚道："啊！原来结这伙狗贼，怪不得做出这等禽兽事来。好好！你去替我与庙里忏因师父说，叫她安静调养，种种不是，改日我自上庙道礼。"

范老再拜而别，仍回观音庙来，把话传与忏因。

忏因道："我说梁锡诚是个明义的人，可惜梁氏无儿，被这浑小子害臊了。"

范老道："真难得梁老先生如此有钱，倒还讲理性，被他一说，我倒打得不好意思起来。"

范老说罢，携了担杖，去厨房里担了灰担，便自回家。心下欢喜，买一壶酒，独自在檐前吃喝。

看儿子牵牛回来了，问道："李家的晚稻田水赶好了吗？"

范木大点点头。

范老道："你吃些冷饭，再去张家樟树下老三亩赶一阵，不要赶得牛太滑了，仔细牛车盘，时常加些油。年纪大了，说过话都要记得的。赶好了，去后山饲料，不要贪着玩，早去早回。"

范木大只点头，把牛绳穿门柱上打个结，往里提了饭篮，夹了一块鲞鱼，吃了两碗饭，牵牛自去。范老吃罢酒，也去屋后牛栅里把草灰和牛粪在一处细细拌匀了，浅浅分作两担，挑一担去畈野菜田上撒施了。日落时回家，在小街上喝了一碗茶，看看天黑，不见儿子回来。等了一会儿，往街上望望，看同伙都来了，只他不来，心下着急，嘴里唧里咕噜骂。直赶到后山，却又不见，死命在山下叫木大，哪里有人。范老气急败坏地跑了一周遭，眼珠出火。忽见前面有个牛影子，走上看时，正是范老家的耕牛倒死了。范老一急，直急得无地可钻，转怕儿子也寻死，四下里又去找儿子尸首，留心树上有没吊死，奔来走去，只半个影儿也无。范老也顾不得牛，急忙回家问邻舍，仍不见回来，尽去闲常往来家询问，都说不见。天明又去找寻，依然无着，回来抱头痛哭，尽两日夜不下粒米。贴邻黄九过来相劝，同去卜了一课，说人在北方行动，并无危难，后日能相会，无须去寻。范老只得罢了。

原来范木大在后山看牛饲料，被孙济安、周青皮一搭一档来诱说，一个骗开范木大说话，一个把毒药与牛吃，当下两人便走了。不多时，那头牛一俯一仰，四脚狂跳，吼了几声，兀自倒死。范木大眼看牛死，心下转计："这回被父亲得知，少不得打死偿牛命，三十六着，只此一着。"不由得飞天夜叉也似跑得无影无踪去了。毕竟他父子两人生死离合，后文待表。

　　且说梁锡诚听范老一番话，知道梁银保与孙、周两人结伴，料必是受两人教唆，有意陷害骗钱。忽然想到银钱折儿多日不检，不知有无窃去。走入账房，去柜中捡出折儿一瞧，已支得一塌糊涂。气得眼珠翻白，半日不放手。

　　正没出气处，只见梁银保俯着头自外入来，却从门前过。梁锡诚喝一声站住，出来问道："你逛哪里？你与谁结伴一处？是不是要把祖宗都卖尽？"

　　说着，便去梁银保脑旁凿上几个栗暴。再要打时，梁银保已自扬开。

　　梁锡诚道："你道孙济安、周青皮是好人？你这大年纪，吃饭也不吃，偷支这许多钱，喂了狗也要管门，偏你听人教唆，被打得面肿。你晓忤因师父的小姐是什么人？莫说你这种浮浪东西，便是今上圣旨，也摇她不动。亏你癞蛤蟆想天鹅，做出这等无耻事。你若是再不改悔，休想进我门来！"

　　梁锡诚一头骂，一头想起无怀，不觉伤心泪落。看看梁银保也默不作声，肚里寻思："尽骂他也没道理，我既无亲生子，说起来总是我虐待养子。我现有些家产，一时也得过，又不好带到棺材里去，一人有一人命运造化，哪里管得许多。"

　　当下喝令梁银保退去，自回账房藏好折儿，又查查有没失少的东西。

过了两日，梁锡诚特去观音庙给忏因赔话。谁知忏因连日做法事，又被梁银保推了一跌，究竟有年纪的人，竟吃不住，当日便害起病来。梁锡诚问知忏因卧病在床，心内万分抱疚，又不便进去，只在门外说了许多道歉的话。忏因叫一个道婆出来传语，也说自己种种不周全。梁锡诚坐了一会儿，自回去了。忏因一病之后，越苦得珊珊夜不解衣，日不思饭，只当心着药炉茶灶，谨慎服侍。背着忏因，不时流泪，自肚里寻思："若不是这会子我在庵里，那恶狗也不找上门来，也不吃他这一口咬，多敢是我自不争气，害了娘亲。倘使有个高下，如何当得起，便是死也减不了罪。"如此昼夜焦灼服劳，也几乎不病而病，一般佛殿青灯便照得白发红颜雨惨淡。

　　不道珊珊凄苦对影之夜，正无怀伶仃奄奄之时。却说无怀，自被葛周通留得到溧阳城陆大郎家居住，那陆端是个知一不知二的人，看无怀手无拿鸡之力，又是飘荡无家少年，闲常问他时，三言两语，也似有说不出的勾当，心内思量："莫不是哪里逃出来的坏蛋，却只在这里躲闪？凭他什么学问比得天一般好，我又不懂，又不想儿子中魁元，要他则甚？若写些田地文契，任凭哪里找个人也容易。倘说做官，我但有钱，还怕买不成？何用这等迂文？果然这人来处清白，倒也不争他一个，却又是形迹可疑，我这里如何安着得他？待撵他出去，又恐撇不过葛周通面皮，给人家说句话，总是我不能容人。"陆端如此思疑，百般不快。自从那日无怀进来时一见，从不相见，三顿菜饭都叫与家丁们一处吃，也不分个上下。无怀看陆端如此管待，怎得相安，每日里只掩面鸣咽。待要投别处，却被葛周通殷勤留住，原也无处可投。若厚颜安着，争如孤老院里吃施粥，一日薄似一日。心一转念，只图自尽，又怕害了陆家，想自己本是世家，今担了忤逆之罪，流落到此，死也不惜，但不知父亲可康健，怎见得一面也好。

无怀日夜焦熬，虽是铁石也霉烂，一时间百病俱发，成了杂病。葛周通见着心疑，要与无怀请医。无怀恐打扰陆家，哪里肯说有病，只几番推辞，不许去请。心内但求速死，再不望愈，偏强自装着硬汉，撑起床来，与葛周通说笑。葛周通是个直肠人，无怀神色向来如此，只道是寒热略有不匀，也不打紧。这时正是租米入仓时节，葛周通忙得上下照料，又在店里时多，在家时少，越发疏忽不经意。

无怀在病，一连偃蹇五六日，气力尽了，血液也枯了，待死不死当儿，忽见他父亲立在床前，俯下身，对着流泪。无怀一见，猛叫一声，急得扑前去跪抱，忽似从山岩上跌下身来，魂飘飘地随着他父亲去了。

毕竟无怀性命如何，且俟六回分说。

珊珊、无怀，一居别院，一寄篱下，皆孤苦无归，相思不相望者也。而珊珊侍病，无怀独病；珊珊有母，无怀失父；无怀有葛周通而遭大郎之白眼，珊珊得范老而免梁银保之淫劫。文情如双峰叠翠，异样光芒，虽远望一碧，而近眺殊色。所以对写二人，盖别于众人也。至如范老之丧牛失子祸于利，无怀这宾主不得害于文。昧其言，当喻其所感。

第六回

葛周通大闹溧阳城
陈三郎独截敖荡口

话说无怀见他父亲，急扑前去抱，却只抱个空，争似山岩上失了脚，一个跟头翻下，昏迷迷黑住眼，荡着魂灵飘飘也似。好一会儿，睁开眼醒来，四下里一瞧，哪里有个影子。无怀想起，痛彻心肺，但哭无泪，自寻思："如何还不死？便一缕游魂飘到家去，看看我父亲怎样，也爽快。"如此苟延牵命，又过了两日。

这日清晨，陆端妻子也害了伤风，且夹着些呕吐。陆端大惊，忙叫人去请城中名医章六吉。那章六吉因六分时运，四分本事，一时红得非凡。又是个吃教的人，自称精理大小方脉小救主，凡是经他医治的，莫不一药而愈，因此门庭如市，身价极高，非富厚之家，难得请他到门。

当下陆端差人去请，章六吉知陆大郎夫人有病，自比不得寻常，特地拔号出来。到陆家时，由陆端恭身接进，与陆氏按脉看了，笑道："不妨，只服一剂便好，不必转方。"

立时开了药方辞行，陆端送至大厅上。

只见葛周通匆忙迎上前来叫道："大郎，小人留来王客官，病延多日，极其沉重，请先生带便一瞧，救了这人。"

章六吉回头看陆端。陆端不好意思，笑道："便请章先生带便一瞧。"

章六吉点头。陆端引至耳房上，只见王无怀直挺挺睡着，面庞黄蜡也似，疲得皮骨如刀，两眼上竖，见人来，欲起不起。章六吉坐床前按过脉，看鼻孔舌苔，又按胸次，只顾摇头。

诊毕，出至大厅上，对陆端道："大郎，你哪里来的这个客人？九分九已是死了，只有一线生机。如何不早医治？"

陆端吃了一惊，对葛周通道："你怎不早报知我？到这时才来说话，这便如何是好？"

又对章六吉道："看先生能治不能治，且请诊救。"

章六吉笑道："这人血耗气竭，胸中受了万分逼迫，百病在身，兀精亏乏。若在他人，只好束手，不是兄弟说海话，除得这一方，再也救不过来。治却可治，药价极贵。大郎的事，兄弟无不竭心。"

陆端瞬了瞬眼，心想："事到如此，难道听他死在我家不成？只得医治他好，决计送了出去。"因笑道："这人原是过往失路，无家可归，我既留了他来，岂可听其生死？但望治得好，不拘药料贵贱，请先生做主。"

章六吉点头，方始立方，说道："如此连服三剂，病必中变，那时我再来看觑。"说罢，相别陆端去了。

葛周通即去药铺将药来煎熬，早夜伺候无怀，服下三剂，果然病状转变。又去请章六吉复诊，一连几次，渐自起色。章六吉吩咐："病痊，不宜拘坐，但凡病人要吃什么，须给什么吃，只忌生冷，油荤皆得应口。"

葛周通禀过陆端。陆端一心望无怀病愈，早便送出门去，一应照办。葛周通见无怀神色充复，比来时尚佳，不胜之喜，常时依章医所说，去街上闲逛散心，也买些酒食与吃。这时，天气入冬，正是十月下旬，溧阳城内向来有个将军庙，每年到时迎神赛会，家家派执司在神前当值，相传当值之家，盛夏时瘟疫不生，田稻丰登。这年却因久旱歉收，又害时疫，大家都埋怨去年迎神有欠诚心，故特受罚。今年须格外敬奉，可保来岁稻麦人口丰熟无恙，因此将军会更比往年热闹，一共执司，挨次排齐，足有三里路长，无非是些旗锣铳伞、响亭哨马、耀队神兵、高跷扮戏这类。家家门前打斋设供，香案迎驾，到时妇女插金戴银，男子穿配袍褂，都是衣冠楚楚，在门站立。只待执司排齐，一路迎来时，男夹女杂，都去街上挤轧，你推我撞，名作轧宝，主得财利，犹如吴下轧神仙。轧得好时也罢，轧不好时，老少脚伤手损，妇女被人调摸，也有失去首饰的，也有撕破衣裳的。但不论轧到哪里，只轧不得那迎神执司。如果轧了他，他那手中都提着竹节鞭，一齐打下，打死也没命偿。因此每年有闯祸的，官司禁他不得。只一到会期，便四乡里人，百里远近，都来看会轧宝，闹得满城震撼。

当时葛周通因无怀病后宜动，免不得引他一路去看。两个走向东门将军庙所在，于路万人填巷，已自塞住街口，不得走动。只听炮声鸣锣，大吹大擂，旌旗飘扬，清道齐喊，冲出一条道路。只见龙蛇也似全副执司，取东街上，缓缓近向县前大街挤将来。到得县街将近，两边男女各自拥着，一阵风下力轧宝，一路轧一路迎。待头旗出了西门又去半里，神轿还只在东街口。一时间万头攒动，挤无去路。中排执司忽然停住，移步不得。

葛周通见势拥塞，携着无怀一冲冲到神轿旁。但见那管神轿的一个大肚汉子，满头白汗，扁着喉咙，破骂众人。葛周通认到这人名唤竹大，本是个屠户，近来改业，托妻女之福，着实发些利市，很是乐得。他那妻女便是无锡城中私门竹筱花娘儿两个，年年带些家来，置得好一处田产地业。竹大但对人说，妻小在外开裁缝店得利，其实远近都知他是这门生意。可是一人有几分财利，便有几分架势，哪管得什么来处。竹大有的是钱，吃的是饭，不去求人，人但求我，自然奢遮起来。当时在城中撩草拨柴，今年迎会，却是他的头家，故在神轿前管守，因见前面挤住不动，不由得大骂执司。众人见了竹大发怒，谁敢回口。

正骂时，神轿前一个老婆子被人挤倒，一头假发打散在地。竹大见了大怒，提起竹节鞭满头抽下，打得婆子哭不敢哭，拼命挣扎起来，却又被轧宝的撞倒。忽听一声呐喊，对面又挤倒一个年轻妇人，看她裙裤都撕破，半个屁股露在外面。竹大见了，狠狠地又去一节鞭。那妇人急得爬起，只手掩着屁股，轧入人丛中去了。

竹大但见有人撞着神轿便打。葛周通见得一肚子气，还自按捺住，看看那婆子仍是倒地不起，正待前去扶她，不防撞了神轿。

竹大喝道："狗贼，你娘不生你眼乌珠，也见得将军菩萨在这里！"说着，猛力一竹鞭打来。

葛周通隔去竹鞭下地，骂道："你这杂种行什么势，动不动打人！"

竹大道："你倒敢打我！"又伸一拳打来。

葛周通大怒，闪过身，也拨出一拳，正着竹大左颧上。只见血淋淋一闪，那眼乌珠跳出丈外，鼻子歪在半边，竹大仰扑倒地。葛周通去竹大小肚上只一脚踏死。

众人见竹大打死，放下神轿，都来捉葛周通，哪里捉得，待要近身，却被踏翻在地。后排执司见了大怒，持铳揭竿，蜂拥赶

53

来，前排耀队擎着长枪、大刀、铁叉，也一齐扑将来。

葛周通见立处狭窄，施展不开，又恐伤后面看会的人，便霍地跳起，揭去神轿棚顶，抓出那将军菩萨偶像，往人家屋瓦先一抛，正抛在屋脊上搁住了。转手劈断轿杠，执住半段在手，却把全顶神轿提在左手，对准那县前石牌坊使劲又一掷，不端不正，只见那顶轿高高架住石牌坊顶峰上。众人见葛周通拆轿打神，越发震怒，死命赶来围打。

葛周通执住断轿杠，横挡身前，说道："你们莫自寻死，晓事的但罢手！"

众人不问皂白，死力拿枪刀前后搠将来。葛周通见枪隔枪，见刀隔刀，但一隔便飞去三丈外，哪里有半刀近得身。

忽见一个耀队把一枪搠来，吃葛周通闪过身去敌后面，那枪搠个空，却着了看会的老儿身上，正中了胸脯。葛周通大怒，猛叫一声，去那人头上只一杠，打落半个脑袋。一时性起，直冲前去，但见是值神执司，迎头来便打，把那拿竹节鞭的人尽都打翻在地。但见断轿杠起处，一路灰尘，似风扫叶，打得众人脚朝天、头落地、身横半边，直打到西门外半里远路，将那头旗、清道都打落河里，急转身又赶回县前。但听救命呐喊号哭之声轰动天地，满街叠人如城，个个逃命。妇女披头散发，也有剥去衣衫裙裤的。

原来城中劫贼坏蛋起火打劫，越闹得昏天黑地。值神执司只有那高跷的不曾吃得苦，早登在瓦檐上坐去了。

葛周通回到县前，忽然记起无怀，夺了一匹马，骑上去寻。一见无怀在东街上被人困墙下，慌忙下马携了出来，叫无怀骑上，自去引缰。

正待取路回家，只见前面来了五个公差，挡住去路，喝道：

"你闹了乱事，逃到哪里去？"

葛周通道："老爷不杀人，杀人一身当，要你们何用？我且送去客官回家，自来县里投案。"

公差道："胡说！"

当下各来前揪周通。周通飞起右腿，早踢翻两个公差，纵马待行。那公差见不是头路，疾取铁链，直向无怀头上一兜，早把无怀拖下马来。

周通看了大怒，喝道："与他何干？我先打死你几个泼贼！"

一个公差打躬作揖赔笑说道："小人们奉命办案，如今你老闹的事也不小，这干系都在小人们头上。且请这位客官到县说句话，情知与他无关，自然放他去，请你老闪了贵手。"

周通道："既是这般说，不得无礼，先去了锁链，我自投案。"

公差无奈，只好开去，陪周通、无怀一路投衙来。县官升堂，叫带上两人。

周通禀道："小人向在陆端家帮闲，今日在县前街看会，见那竹大手执竹鞭，逢人抽打，妇女披发破衣，被他打了不敢哭。小人前去提携，因误触了神轿，却那竹大喝骂小人，提鞭来打。小人一时性起，踢死竹大。众执司前来擒拿小人，刀枪齐下，把看会的人搠伤，小人气愤不过，因此打翻几人是实，与这姓王的客官无关。"

县官道："你闹的大乱事，杀伤不知其数，待本县查明再办。"叫请两人押入死囚牢里。

周通甚是不服，待要争论，只见差役已拥了无怀前去，势不能挣扎，只好捺下。

话分两头，却说将军会被周通打得落花流水，将军神丢在瓦上，当时死伤者共有六七十人。城中绅商大动公愤，说明年必有大疫流行，非把凶犯剜心祭神，县官亲自安庙不可。公呈迭上，四乡都是如此说辞。有人便说葛周通是陆端家长工，所有修理神像仪仗、抚恤杀伤，概应陆端承给。也有公差便去陆端家敲索，说他合是帮凶。陆端急着不安，迭次上呈申明葛周通是临时雇工，王某是葛周通亲戚，素不相熟。再有竹筱花母女也来县递状求申冤。溧阳县看了各项公呈，提葛、王二凶再审。周通本是一口供认，只无怀迭次呼冤。县官情知无怀弱不胜鸡，非干打闹，只思："杀人二三十，伤人四五十，如此大案，怎得一个人犯便休？那明是办案不力。"与师爷商量，也是这话。县官便决计将葛、王二犯改为巨盗乘迎会抢劫，杀伤人众，详上镇江府。镇江府阅看案卷，心中疑虑，既是乘会抢劫，如何拆毁这里像，岂是两人所为？又查口供也有出入之处，特下文书驳斥，着县押解犯人到府亲审。

再说葛周通在监，与王无怀两处关押，不相见面，心内寻思："如今倒害了他，若在一处，也得搭救他出去。却不知他关在哪里，正是死活如何。若果死了，我便断送他那个瘟官。"

正思量时，监差笑道："府里来了公文，早晚要放你出去了。"

周通道："不需放得，我在这里自安易，只问你要酒喝。"

监差道："实是没有了，有时还不送给你？"

周通道："你不会去买？我不吃酒，我拳头发痒，只想把你打一顿出气。"

监差摇着头白着眼，只顾认晦气，没奈何去斟了一盏酒与周通吃了。周通忽要喝茶，忽要洗面，忙得监差心里恨极，口里只说不出的苦。

再说那无怀在监，梦也做不到会这里来，思量遭际到了极步，如今又担了个杀人之罪，便得出去，也见不得父亲。一想只是哭。

监差在旁冷笑道："既会杀人闹事，哭的什么？哭煞也没用！你再哭着，我便生取了你的性命！"

原来监差最怕犯人哭，恐被人听了，道是索诈用私刑。

当下监差又道："看看你像个人，半个钱也见不得，一面孔囚相，一辈子死在牢里，也不出头。爹娘生你这种东西也倒霉！"

无怀忍不住大哭起来。监差急上前去一脚，一面扪住嘴道："你哭，你哭，该死的囚徒！"

正闹时，牢头来提犯，叫去押解镇江府。当下监差把无怀推出牢来，交与牢头带上堂。见葛周通先已提到，县官升坐下文书，叫取两具护身枷钉上，贴了封皮，派两名解差、十二名土兵，差即解上镇江府复审。当下解差、土兵等前后十四人，押着葛、王二犯上路。

行了约莫有三里，无怀走不动，只顾身体蹲下去，眼泪交流，鼻孔喘气。周通看了不忍，肚里寻思："都是我害了他，且看方便，索性走掉他。只碍着无怀动不得手，又有土兵，如何使得？"对解差道："二位与我方便些个，我这朋友是个文人，好与他开了枷，实是他行不动了。"

解差道："这是王法，小人们如何敢开？"

周通道："且与他开了，又不会逃去，待到那里时枷上，岂不是一样？"

解差道："小人们不敢。"

周通道："你们不肯，我也不走了。"

周通管自坐下。十二个土兵合力去拖，拖不动。解差没法，

57

只好答允周通，给无怀轻轻揭了封皮，开了枷。周通始行。行了十多里路，无怀又走不动。

周通道："且坐，何必心焦？又不是去行刑。"

解差道："爷们，如此走法，便走半个月也到不了镇江，叫小人们如何发付？"

周通笑道："不是我不肯走，我这朋友走不动，谁叫你把个朋友牵在一处？你们若把他走死了，看你们发财。"

两个解差只叹口气坐下，周通不见无怀动，只坐不动。反是无怀想："他们究竟是奉公办案，不合多迟延他。"只得勉强起身，硬着头皮走。在路吃午饭，两个都没钱，只用着公费。解差一肚子恶气，老自不快，看看周通又奈何他不得。

如此行至向晚，解差对土兵道："今日只好顾家庙歇宿，前面是敖荡口，是个险要去处，大家留心。"

土兵答应，前五后七押着走。原来这敖荡口，一面是一座大山，名作敖荡山，悬岩削壁，高逾百仞；一面是一条河，也有丈多深浅，唯中间靠山滨河有一径山路，约有半里多长，是个往来要道，故名敖荡口。

当下土兵押着周通、无怀进口来，走不到一半路，只见前面一个乡下农夫背一把锄头，口唱着山歌，缓步前来。周通一听声腔好熟，将近看时，却是陈兴，心想："好巧！不知哪里种地来，也便使他得知。"

正待招呼，陈兴已与前面土兵说声让路，早一手将土兵打落水里。第二个土兵接上，陈兴去一巴掌，又劈落水里。后面三个，一锄头一个，都打落了。周通心内明白，急去头上勒开枷，劈作两片，丢上山腰，携着无怀冲将来。陈兴闪过身，让两人出路，自横着锄头挡路而立，把两个解差也劈下水去了。后面七个

58

土兵吓得不敢上前。河里七个人一浮一沉，将要攀着岸，却被陈兴一锄头又滚下去，只在河里荡，满口喊着救命。

陈兴把守当口好一会儿，料得二人去远，方耸身疾上敖荡山顶，翻过山后去了。

且说葛周通携无怀冲出敖荡口，无怀力疲脚软，心内又吓，哪里奔得快。周通将他驮在背上，争如负褓一般，施展全身本领，落荒而走。但从西北行，不辨路短长，目光似电，疾步如飞，转眼已行了三五里路。听得有人在后追赶，无怀捏着两把汗，气吁吁叫周通。周通望着前途，只顾赶程。

不知那追赶的毕竟是甚人，且俟七回分说。

葛周通艺成有年，未尝有轻试。及见竹大假由而鞭妇女，心又不直于溧阳迎会之所为，徒手往来，杀伤六七十众，所谓不鸣而已，一鸣惊人。自今以往，将军会当知所戒矣。中国社会以迷信而遭祸者类如此，无怀若得于陆郎，使为之保释，岂其不可，必使同罹于难，并葛周通亦不得逸，于是有敖荡口之役。此照应第一回文字，疾入陈兴传而为波澜者也。

第七回

居敢当笑谈海浪竿
矮道人莽撞观音庙

话说周通驮无怀紧急赶程，听后面有人追将上来，口里叫说："葛兄且待!"

周通转身一望，看那人步履动作，正是陈兴。

原来陈兴在敖荡山顶远眺，早知他两个投奔去处，因此依路赶上来。当下周通见是陈兴，放下无怀，两个扑翻身拜倒在地。

陈兴慌忙扶起道："你我何必如此。"

周通道："后面更无人追赶来?"

陈兴笑道："谅鼠辈有甚能耐。今日若不是我记起我母遗训，不怕那十四个泼贼尽打落河里变水鬼，只我心中也有些不忍。既是他不挣扎了，由得他去。"

周通道："往常时见你老从不露锋，不想今日这般英雄，却是小人有眼不识泰山。"

陈兴道："葛兄好说，我从小也学些拳棒，只是不长进，若不是我懂得些，怎得在镇江客店里拜识葛兄?"

周通拍掌道："果然这话，于今倒好请教一二。"

陈兴道："此处不是说话所在，前面不远有一座林子，我们

60

不妨到那里去谈一会儿。"

周通道："最好。"

三个投奔林子里来。时当十一月既望，风嘶霜降，月轮上来。三个来到林子里松树下，寻月光不透处坐地。陈兴放下锄头。

葛周通道："却是三老如何知得我们在监，到这里来搭救？"

陈兴道："我那日也去溧阳城看会，却见你闹得城池翻天。后看见你去投案，公差并把这位王客官捉去。我因此放心不下，次后又探得官司把你两个断作劫贼，将去镇江府审理，我越发不安心。今日知得贼公差押你们上路，是必从这敖荡山下过，因此候你。"

周通道："原来恁地。却才你把七个贼差人打下水里，我还恐你一人不济，不放心便走。回头看你安如泰山，势如虎踞，端的了得，我方始驮了他跑。"

陈兴道："我本来也不想把两个解差打下，争奈他们不知数，强自挤上来，正吃着我这锄头动了一动便自立不住，翻下身去了。后面那几个兵丁还算他贼运亨通，扬得远远的，不敢再上来，上来亦自投死。"

周通道："敢问三老如何学得这般好武艺？"

陈兴半晌不语，笑道："过去事提他何用。且问二位怎么打算？"

周通道："正是没个投奔去处。"

陈兴道："我思得一计在此。我有个朋友，姓居，名敢当，原是湖北孝感县人，现在十二圩住家，开设居明记糟坊，扬州、镇江都是有这字号分店，生意兴盛。他人慷慨好义，有话同讲，有事同商，不是心面两途的人。你但投他那处，暂时安身，只说

61

海浪竿陈三郎叫来，不需多说。他若问你，细说不妨。你们先去镇江城内道前街问居明记，探明他在哪一处，然后投去。你们却不好从官道上走，但过这座林子，约半里多路，便见得有一座山，翻过那山去，走左边黄泥路，依着河行，只顾向东，便是镇江府城。你们不好多延搁，就此趁月夜起程。"

葛周通携无怀离地而起，一揖道："如此拜别。"

陈兴道："且住，我携得些许银两在此，天明买些食物压饥。"

周通拜受，与无怀投林子而去。陈兴看得两个上道，背着锄头也自回家。

却说溧阳县十二个土兵、两个解差在敖荡口被陈兴打劫囚徒而去。七人荡在河里，直叫得苦，一时间被陈兴把住，又爬不上岸来。岸上七个土兵立在口子上，眼看没法，只待陈兴跳上山去了，一齐张口叫救命。见得有一只渔船划来，船上人方把七人救起，摆上岸来，争如落汤鸡一般，天气又冷，棉夹都浸透，个个咬着牙齿打寒噤。两个解差吃得一肚皮河水，涨得半死半活。岸上七个土兵卸下些衣服，分与落水的换了，大家商议，如何得了。

一个土兵道："如今回去干什么？还不是一辈子死在牢里，不如自寻生路。"

十一个土兵都道："不差，我们走我们的吧。"

两个解差寻思："既是土兵去了，倒好说话。"但道："你们都有本领干得，我两个走不得，只好回县受罪。"

土兵道："各便。"

当下十二个土兵一伙子落草为寇去了。两个解差一扶一跌，自回县来。县官闻知大惊，叫来问话。

两个禀道："小人押囚徒至敖荡口，不防十二个土兵串通盗伙，把小人打落河里，自与囚徒去了。"

县官大惊，叫将二人押在牢里，即派捕快迅速拿在逃囚徒与十二土兵，一面连夜申文镇江府。镇江府查阅来文，不胜震怒，通饬各州县图形协缉诸犯，一面严令溧阳县限日拿到，如逾限缉拿不着，削去本县重办。溧阳县急得心肠倒流，日日只打捕快差人。差人去陆端家追根敲底，闹得陆端家鸡飞狗上屋。后来溧阳县开去前程，陆端家道中落，都是为此，不在话下。

再说周通、无怀二人依陈兴指示，跋山越岭，不一日，来到镇江府城，投道前街寻到居明记糟坊，问店主居敢当。

店上人说："店主自家住在十二圩，一时不得来。"

二人急忙出城，渡江至扬州，雇一摆小舟，驶向十二圩来。将晚到埠，上岸问居明记，一问便着。

二人来至店中，问店上道："居家店主可就在这里？"

一语未了，只见一个年近六十老儿，须发皆白，面黄肌瘦，手拿旱烟筒，抬头笑迎出来，招呼道："客官问谁？"

周通道："问这里店主居敢当大爷。"

那老儿道："客官哪里来？"

周通道："海浪竿陈三老叫小人们来投这里居店主，请烦通报。"

老儿道："莫不是海浪竿孝子三郎陈兴？"

周通道："正是这人。"

老儿道："小人名唤居敢当的便是。"

周通、无怀抢上一步，深深一拜道："却不防就是老丈，多有失敬。"

居敢当让过身，也回一拜答道："里面请茶。"

三人入来，分宾主坐定。

居敢当道："难得三郎记惦我，近来田事可忙？也有什么口信交托二位来？"

周通道："三老田事已了，近来也不甚忙。只因小人们流落江湖，叫来店主家安身，尚乞收留。三老别无口信吩咐。"

居敢当道："如此最好，暂容屈居。"

当叫店伙安排酒食，引去里面客房上歇下，也不问周通等姓名来历，也不叫做事，只每日酒肉管待。有店伙自来服侍，十分周到，居敢当一连三五日不见面。

周通心疑，但记陈兴临别之言，也不与多说，只顾吃饭睡觉。

无怀心内焦灼，对周通道："葛兄，莫不是叫我们自走路？"

周通道："不是。三老的朋友不是那样人，我们不管他，有吃且吃。"

二人一处宿歇。又三日，居敢当忽来，笑道："有些家务，多日少亲近，两位莫怪。"

对周通道："兄长，你可是溧阳县打将军的葛周通？这位莫就是贵友王家彦？"

周通道："小人便是。小人犯该死之罪，当时性起，杀伤几个人。怎奈那溧阳县官强说我这朋友也是一路，我和他理论不得，他将我们两个押解镇江府审理。亏煞三老把我们搭救了，叫来你老家躲避。前日本当直告，因恐你老见怪，不敢说。"

居敢当道："葛兄，你只管放心，既到我家来，自必相助。不瞒你说，你们两个进门时，我已猜着七八分。打量你们，正受过刑具，我因此不便体问你们。这几日我去扬州，路上人传说，官中贴着赏格，捉拿大盗两名，姓葛、姓王。我到扬州，见城门口果然贴告示，悬赏缉拿葛周通、王家彦和十二个土兵。告示上写着相貌、年岁，我一猜便着，定是你们两个。现在外面很有些风声，你们且在里面躲住，不便轻易外出。店中上下只道你们是我们的亲戚，也不妨事。"

周通、无怀应声道："承老丈这般爱护，日后怎得报答？"

居敢当道："老儿年迈，岂在望报，二位休说这话。且问二位如何认得三郎？"

周通将昔年镇江客店相遇事说了一遍。

居敢当道："三郎眼力不差，兄长自有动人之处。"

周通道："说来见笑，我与三老枉自称作朋友，不知他哪里学得好武艺。"

居敢当笑道："他多年不在江湖上行走，自然冷落了。十年前的海浪竿，谁也听得奢遮，是太湖上有名好汉。他初学得一手好双刀，能独挡四面，滚杀人马，也曾在江湖上卖技，无人不赞扬。却有沿街一个花子心中不服，说他这双刀是花刀，好看不中用，与他较量起来，不防正被那花子打倒。他便心悦意服，拜花子为师。那花子手中只有一根枯竹竿，说平生练习三十年，无人可传授，因此授了他。说也奇怪，他秉着一竿之技，但立住马步，凭你长枪大刀、矛戟滚叉，都近身不得。若徒手去斗，凭你功夫老到，只吃他一点一拨，便立不住身。方才你说他在敖荡山下把锄头挡住去路，便是这看家本领。像那般险要去处，何消说十四五个不中用的土兵，便是官中直来十万八千兵马，要想冲过一个，除非山崩河涸。自从他学了这一竿特技，无处可使，便在太湖里打出一所巢穴，结群啸聚，专一劫掠过往商贾。官府再三痛剿，却奈何他不得，因此江湖上起他一个名字，叫作'海浪竿'。苏、常、淮、扬一带，妇孺皆知。

65

"说起海浪竿，个个失色。只缘那年八月，有个京都王公携眷南下，游览江南胜景，一路经苏、常、镇、扬，至杭州西湖，所到之处，凡抚、藩、道、府、州、县，都奉迎不迭，各有献纳。回京时，那个王公满载了好多的财私，真个金银如山，珍珠满箱，锦绣铺地，说不尽繁华丰富。三郎知得这一笔造化，早自在太湖里算了脚头，趁那个王公排驾回京时，半路里拦马头，一声呼哨，四下闪出同伙好汉，尽都掏出刀枪，把几个侍卫搠翻。三郎自己拿竹竿引头，将那王公所有的金珠宝物劫夺而回。三郎生恐侍卫来追，趁手把那王公的爱妾娈童一竿打死。一时闹得南五省抚、藩、道、府个个提心吊胆，面如土色，急得敛钱恭送，一路叩恩乞命，一头探知是太湖大盗，哪敢怠慢，连日连夜派兵探捕。

"那个王公回京之后，又一道谕旨下来，定要覆灭太湖方才甘心，官兵一连十几次地剿，哪里有些头绪。一来太湖七十二峰，峰峰相应，形势险恶；二来有三郎做主，众人一心用命，又加劫了一注好造化，各人越有气量；三来官兵到太湖边，先自惊慌，战斗不得，因此官司迭次兴兵，不曾惹着三郎一点儿。

"海浪竿三郎有个老娘，双目失明，平日教训极严，虽是个小家老娘，倒有大家之风。三郎百依百顺，向以行孝出名，先前在江湖卖技时也只背着娘亲一路。自从到得太湖干买卖，不敢和娘直说，但道在衙门里当武职。他娘又看不出是什么去处，信得儿子不骗她，只觉衣食忒好，有些不安。到这时劫得那王公财物，益发阔绰使用，又暗地里听得三郎手下人说，多敢是不端买卖。他娘惊疑，叫陈兴问话。陈兴不敢隐瞒，只得禀知。他娘大怒，叫陈兴自脱下衣服，提起拐杖，紧紧凑凑打了一顿，要他立即离去太湖，一钱不准携拿，如有不允，自去出首先死。陈兴吓得魂不着体，哪敢逗留，当下拴束包裹，服侍他娘出太湖。母子两口无计奈何，在马官渡住脚，替人帮闲种田为业。后来娶一房妻子，生一个女儿，住官渡五年，他娘去世。

"当他娘死时，再三叮嘱，不准他妄杀一人，因此他十年以来不曾露锋。但凡江湖上知得他的，都称他作海浪竿陈孝子三郎，实是难得的人。"

居敢当一面讲陈兴，一头留心无怀。

原来无怀听讲陈兴孝母，记起自家父母，禁不住涌出泪来。

周通听居敢当讲罢，也自指着胸脯叹气。

居敢当对无怀道："王兄说话好多无锡口音，不知府居哪里？"

周通道："他本是无锡人，因寻亲不遇，流落他乡。这会子是我害了他。"

居敢当道："我也去过无锡，有个丁恒昌医园，不知王兄熟也不熟？"

无怀摇头道："不知。"

居敢当又略问周通家世，也说些拳棒，二人谈得投意。从此居敢当每日店务一了，与周通、无怀说些闲话，闲常管待仔细，竟似家人一般。周通、无怀匆匆住了一月，每日只吃着坐着不动，心内惭愧，又不自在起来。

忽一日，居敢当来说道："今日接得镇江来信，有些账务要去那里走一遭。二位在此，不可见外，要什么时，只管打发伙计去办，我已上下吩咐好了。"

二人应谢。居敢当蹀出店来，拾束了零星待用诸物，雇一只小快船，驶向镇江来。进得府城，直去道前街自家店里安歇下。

掌柜的提出簿据，与居敢当看道："今年有好几笔账划不清，南京协成糟坊早已来信催促致和酱园汇付，致和酱园不认账。常州萧珍三磨坊也有一笔过账不曾清楚。无锡丁恒昌那张钱票，据他当手来信，早已汇划，那钱庄却又不付，其中和他们进出的还有些小账不合，他东家来信，邀店主人去，看去不去？"

居敢当看过信，说道："本店又差不出人，南京协成但写信去，并无干碍。无锡、常州，我自去一趟。明年交易，大家认真一点儿，这样的也麻烦不了。"

当下居敢当交代店务完毕，即起身向常州来。于路无话，到常州萧珍三磨坊交割账目清楚，宿了一夜。清早动身来无锡，直至丁恒昌酱园。那丁家店主见居敢当远道来，好生欢喜，说些闲话，陪去惠泉酒楼喝酒接风，两个登楼来阁儿上坐定，酒保安排鲜鱼肥肉水果之类按酒。大家各谈店务，说钱票不能如期划付之故。

正说话时，只听隔座有人骂酒不好，责酒保伺候不周。居敢当回头看时，见是四人一席，上首坐着一个道人，满面横肉，身长不满五尺，穿一件黑道袍，脑后结一个道冠。下首坐着个后生，穿一身狐皮袍褂。左右坐着大都四十几岁的两个汉子。那骂座的正是右边那一个。

居敢当问道："这是什么样人？"

丁家店主道："这道人名唤矮道人，向昔是本地观音庙住持。因他妄为，不守法门，本地绅士将他驱逐出庙，另请一个尼姑来住持，改观音庙叫作观音庵。现听说那尼姑病重，这矮道人大约是仍想住庙。那下首的后生是本地梁家大少爷，名作梁银保。那骂座的姓周，对面坐的姓孙，两个都是本地空手大爷。"

居敢当点头，把酒喝了，又问道："怎的梁家子弟与他们一伙子做伴当？"

丁家店主道："居老，你不知道吗？我们无锡的事，如今乱得不成样子，都是空手大爷做的主。"

居敢当笑着点头，仍谈些进出账目。两个吃罢酒饭，回丁恒昌去了。

这里梁银保与孙、周二人陪着矮道人劝酒，四人喝得烂醉。

周青皮道："老道士，你若今夜里夺了观音庙，把那尼姑赶了去，我明天也请你一席酒。"

矮道人道："这有什么难处？"

孙济安道："老道士休夸口，那庙里现有范老爹居住，这老家伙翻脸不认人，你得施些法术制伏他才好。"

原来梁银保自那日被范老一顿痛打，无气可出，虽毒毙他家的耕牛，害失了他儿子范木大，心中仍是气不过。忏因母女几次与孙济安、周青皮二人商量，争奈那时忏因有病，迁延多日，不曾得愈。珊珊看庙中都是些女流，倘有风惊草动，照顾不得，特请范老爹来庙搭住。范老爹失子之后，心不在事，也打算修行养老，当下关锁门户，到庙帮同当杂。

孙、周二人得知范老爹在庙，不敢来近，又被梁银保几次催紧，只是没法。适值观音庙前住持矮道人过路，孙、周二人一把拖住，说现在住持如何不端，绅士们早晚便要赶她走路，你来正好，机会不可错过。一再用言语激他，只要他去夺庙，又叫梁银保在惠泉楼请酒。矮道人本有宿怨，这般说，如何不依？当时四人在酒席上，孙、周二人趁势打边鼓。

矮道人道："二位莫小觑贫道，不是贫道夸口，范老爹这等人只一脚便踢翻他。他在你们跟前说大话，见了我再也不敢。我今晚就去夺了来给你们看。"

孙、周二人拍掌道："佩服佩服，但看今夜老道士妙手，明儿备酒伺候。"

四人又东牵西扯，谈了一会儿。梁银保还了酒资，一路至孙济安家，吃茶说话。待到黄昏人静，梁银保先自回家。矮道人直头直脑跑到观音庙来，孙、周二人在后跟着，远远指着他说笑。矮道人行到山门前，看了一看，先去一拳一脚，打不应，路上掇了一大块石头，死劲对那庙门撞去。但听得震雷价响，那左旁大门撞下地来。

毕竟矮道人夺了观音庙也无，且俟八回分说。

此回以陈兴引出居敢当，以居敢当转传陈兴，以丁家店主引出矮道人，以矮道人归到观音庙，中间但以居敢当岁暮结账为链锁，而行文无一直笔。篇内叙王公宰官以至地泼道人，无一不备，而各肖其状。

第八回

认父女蓬门藏娇
义昆仲荒村落陷

话说矮道人当时撞下庙门，一脚跨进门来，直往里走，耳边只听得一阵阵哭声。踏上石阶，推开大殿中门，听得哭声越响，心中纳罕。正侧耳待听，忽地面庞上熊掌也似拍下满满一巴掌，被打得眼目发花。抬头看时，琉璃灯下，早见立着一人，喝道："你那妖道，半夜里打门劫户，却来在这里，不打死你，算我老爹不是！"

矮道人一看是范老爹，果然厉害，心中兀自七跳八跳，嘴里说不出话。

范老顺手抓住道冠，拖了往里走。矮道人痛得头发出窍，诈扁喉咙发喊。

听里面有人问道："是谁偷东西？"

范老道："是个矮鬼，撞下大门，在大殿上看脚头。"

范老抓住矮道人，直至内客堂放下。

矮道人道："你认得我吗？我是这庙里前住持。"

范老道："我认得你，拳头认不得你。你既是前住持，为甚不日里走大门来，却来半夜里趁火打劫？"

矮道人正待说话，只见一小尼转出屏门，与范老说了几句话。

范老道："依我的性子，今晚便要送你到阎王府，却因老师父适才圆寂归天了，我看死人面上，放了你走！我们姑娘说，你既是前住持，有话但与庙里董事说，此处容不得你，你再不走，且打落你的脑袋，叫你回去！"

矮道人连忙起身，一溜烟冲出大殿，至山门上。见孙济安、周青皮探头探脑在那里张望，拢来问道："怎的老道士出来了？难道不济吗？"

矮道人道："济得很，有什么不济？"

孙济安道："只怕你吃了范老爹的亏了，果真吃了亏，我们两个帮你去。"

矮道人笑道："我本当把这所贼庙翻了身，谁敢说个不字？为的老尼姑适才断气了。范老爹和她女儿再三恳求我，我看他们也可怜，因此放了他，明日再与理会。"

周青皮道："原来恁地，怪不得庙门前烧着堆纸灰。"

孙济安听了，只是笑。

周青皮道："笑什么？"

孙济安道："老道士良心忒好，人家恳求他，就此放了手，还说明日再理会。我看既放了手，也犯不着和他理会。"

矮道人也不言语，三个一路仍回孙济安家歇去了。

范老赶矮道人出庙，竖起那头大门，按门枢上靠紧，闩了大门闩，自回内客堂，对珊珊道："姑娘不要哭了，老师父登了仙界，比尘世着实好，姑娘自己也得保重。"

珊珊哭道："不想我母方自断气，就有人来打扰，怎使得亡灵能安？"

范老道："可恨这狗杂种，不知谁报与他的信，要住庙也不是这样要法的。如今后事要紧，休要提他。"

这时，庙中道婆、小尼忙得倒水理衣，珊珊自与忏因老尼尸体洗了干净。因去死未久，体骨尚软，大家扶持起来，拱在床内盘了座，揩干身体，换了白绸祖服，披上棉海青，外罩大红绣花缎子直裰，遍身络住红绒线绦。对床置一香案，点起椽蜡，焚一炉檀香，烧了好几卷佛经。所有庙中大小人等在香案前跪下，放声大哭了一会儿。珊珊思前想后，一时间万斛悲绪，再也哭不完。直到天明，道婆去庙中内外佛座前都燃了香烛，范老去大殿前后都洒扫干净，派一个当杂的去本庙各董事檀越及佛门弟子各处都报了信，又在内堂设了神主，满檐白素幡绛，挂起孝来。正午时分，各檀越佛门弟子都到，先在内堂神主前磕过头，再去圆寂处佛身前行礼，由庙中备了斋饭，与众人吃毕。未正一刻，大殿前石坪上端正两只净泥瓦缸，由门徒孝子引路，将佛身抬至缸中依法盘坐，四周遭用檀香木填满，提那具空缸对口合上。徒弟子扑翻地大哭。珊珊早自声泪俱咽，佛弟子等尽皆下泪，整整哭了一阵。到了时刻，将那佛缸抬去后园，依法入塔。三年后开验尸身不变，再装金身。众人都在塔院前祭吊一番，再回神主前磕头礼毕，方各回去。

珊珊整日啼哭，泪不收睫。

范老劝道："姑娘，老师父在日，何等疼你。师父既登仙去，你枉自急伤何益？急出病来，不是耍处。"

珊珊哭道："奴家入庙，只为的我母。今我母已死，却叫我如何？此处是个驿路凉亭，怎生安身得下？"

范老点头道："也说得是。"

范老望着珊珊，呆了一会儿，发话道："姑娘，我家有些柴门草户，为是那日我儿失踪了，好多日关锁不去。既是姑娘恁地说时，我去那里收拾一间房子，给姑娘暂且歇下，早晚有我伺候。不知姑娘意下如何？"

珊珊听说，跪下地整整一拜，惊得范老待扶不迭。

珊珊哭道："前日里蒙老爹搭救，受恩不报，今又这般看觑。若承老爹允许时，认奴家做个跟前女儿，便当生死相随。"

范老也哭道："你起来且坐，我有你这般的女儿，死也罢休。只是我家腌臜不堪，不知你惯也不惯？"

珊珊起来道："女儿哪一个腌臜处不去，岂有到今日自来寻闹？只恐这里早晚安不得身，须得便去。"

范老道："这便容易，今日我去收拾清净，明儿移家便去。"

当晚范老回家，上下都洒扫一周。珊珊本有些衣物在庙中，由范老一律搬了去。虽小屋三椽，只在清洁，也还住得。于是两个就认作父女，视同骨肉。珊珊步门不出，只在房中茹素念佛，一心报答亲恩。范老也每日烧茶煮饭，看守家门，不再与人帮闲。有时珊珊看不过，自来厨下料理。范老哪里肯允，终不准她劳动。

一日，范老自外归，笑说道："茶店上有人讲，观前街王少爷现在溧阳县，有人去那里看将军会，见他立在街墙下，一时人多，叫他不应，后来失散了。那人看得分明不差。"

珊珊听说，叹了一口气，寻思一夜，想："这人如果在人间，死也与他一相见。"

从此珊珊又加了一重愁，每日吃不下饭。范老心疑，听昔日忤因说过，与王家公子有终身之约，必是为了此不安。闲着对珊珊说道："我想起来，王家少爷多半是在溧阳县，不妨我去寻一遭，若能寻得着了，也完成他王家好事。"

珊珊听这话有因，先自流下泪来，告道："女儿与他曾订终身，此身不死，半也为的他不知下落。若果父亲肯去，女儿愿一路去，见他一面也好。"

范老想了一想，点头道："最好，我托隔壁黄九兄代看家门，定陪姑娘去。"

珊珊道："这时却去不得，女儿方在重孝，至早也须过得我母丧七七之期。况他在哪里，说不定又走向别处。既去寻他，便想寻他着，路上多有耽搁，如此天寒，父亲年迈，如何去得？"

范老道："也说得是。索性我们两口儿端正去寻，也把我那不肖子孙寻了来。"

珊珊道："正合女儿意想。"

于是两人不时间打算先往哪里、如何行去，将家中有的变卖些盘缠，如何托隔壁黄九代看家门，一应踌躇妥当，只待断七期后便行。

再说那观音庙自忏因一死，珊珊移至范家，后起尼姑年格不老，常被孙济安、周青皮作弄，立不住身。矮道人一心想进庙，只在本地几个绅士前东讨情、西说好话。孙、周二人又替他飞短流长，捏造些言语，一边说尼姑不是，一边极力赞矮道人好。绅士们哪来管得许多事，终究被矮道人占了去，尽将尼姑赶出，只剩了一个道婆留在庙中，其余都是孙、周二人嬲来的人，无非是鼠窃狗偷，不尽细表。

却说居敢当在丁恒昌酱园住了几日，把往来银钱账目全都割清。居敢当向来爽利，虽有些找进找出，也不在意，都让与丁恒昌，两下并无纠葛。丁恒昌付了一笔现款，与居敢当送他上路。于路无话，居敢当到镇江自家店中，将银钱账目交与掌柜的，所有近处应付应收账款也查看了一回，方才回到十二圩家来，已是送灶时节。

进得店门，伙计迎前，接过行装，告道："有个远路客人来店，等了一日了。"

居敢当问："那客人呢？"

伙计回说："在里客房。"

居敢当入客房来一看，倒吃了一惊。原来便是陈兴，正与周通、无怀在一处说话。

居敢当道："三郎，怎么年边腊底，你有工夫到我家来？"

陈兴笑道："怎么不好来？且坐说话。"

居敢当先与周通、无怀问了几句话坐下。

陈兴道："镇江府调任了，现在新府尊姓潘，方才接印，这人是个老州县，手下有好几个捕役，听说也是老公事的。就为将军会的案件，我在路上听差人们说，犯人逃了十二圩来，说不定人多口杂，传了出去，于你的声名有累，因此来通知。我与葛、王二人都说过了，不若变个门路为是。"

居敢当道："我知道你来没有好事，我道是你又闹了什么。如单为这个，倒不打紧，大家把细些，且过了年再说。年内连头带尾只有七天了，你叫他二位投奔哪里去？反而给人嚣扬，闹出事来。你只管放心，他二位在我这里住一天，我总得保驾一天。"

陈兴道："好好，既是居老恁地说，二兄且暂住下，待开春行路。"

周通、无怀应声道谢。

居敢当道："四海之内皆兄弟，难得我们在一处，今日尽兴一饮，如何？"

陈兴道："最好，不需多添菜，但将好酒来。"

居敢当点头，自去外面吩咐安排。一盏茶时，伙计抬开桌子，搬上酒肉，四人依次坐下。伙计们陆续送菜添酒，端上嫩鸡、肥鹅、鲜鱼、牛肉、猪蹄等等，整整一桌，半多酱炙酒糟，香味不凡，又将顶上的乳腐辣醋清口。众人吃得大喜。

当下陈兴道："你去无锡这几天，干些什么事？也不带点面筋来。我向日听我娘说，那处面筋最好。"

居敢当道："谁去买这些劳什子？我为丁恒昌酱园一笔账，夹着一年多了，长是算不清，因此特去收账。说起我到无锡时，遇着两个地泼，叫什么周青皮、孙什么安，和一个矮道人喝酒。那个矮道人为观音庙老尼姑死了，想去夺住持。那老尼姑有个女儿，也住在庙中，据说是个孝女，几次三番要寻死。"

陈兴道："你讲的什么话？我半句也不懂。"

居敢当道："我只听丁恒昌东家这般说，委实也莫名其妙。"

无怀听说，心中明白，想："忏因一死，不知珊珊苦到如何，她定是为我操守了待死。"又想到那孙、周两个泼皮，"当日骗我父亲，竟落了他的圈套。"想着一阵心酸，直欲放声大哭，强自镇住，只把泪往肚里落。

周通对着笑道："这位王兄也是无锡人，定然知道。"

无怀摇头说不知。

周通等三人满饮巨觥，说笑投意，好生欢喜，只无怀心中搁不住痛苦。当日酒罢，陈兴、周通、无怀在一处歇宿，一夕无话。

次日清晨，陈兴要行，居敢当挽留不住，周通、无怀送至大门，洒泪而别。

回至房中，周通对无怀道："我们两个承居老这般看待，再住不得。又且镇日价在房中，便闷也闷死，开春一早好走路，只不知投哪里去。"

无怀道："我是个不晓事的人，但凭兄长做主。"

二人在居明记店中度岁，周通甚是不安。转眼新年已过了七八日，周通来居敢当处辞行。

居敢当道："二位此别投何处？"

周通道："且去再看。"

居敢当道："缓待数日，不劳心焦，我自送二位起程。"

周通无奈，只得又住下。过得三日，那一晨，居敢当走入客房来，笑道："我派人去探听，近日路上尚自平静，二位既亟待行，我有一门亲戚，姓徐名焕照，现在徐州府当步哨管带。我备与一封书信，二位且去那里安身如何？"

周通、无怀拜倒在地，答道："此乃是老丈活命之恩。"

居敢当扶起二人，只见店伙计掇出一大盘白银。

居敢当道："此些许银两，权为二位作盘缠，望二位将就收下。"

遂把书信、银两接过，递与二人。周通再拜而受，藏好书信，束上银两，与无怀二人拜别居敢当出门，仍走向镇江路上来。

于路昼夜兼行，不敢逗留，两个认作兄弟，扮作行商，不几日，已来到南京城。正是元宵时节，看看城内外游人如蚁，二人小心，只怕有干碍，也不进城，但渡江来浦口，肚中饥饿，要寻一处吃饭，一时寻不着。走到市梢头，见一家酒店，二人跨入门来，胡乱叫些饼、馒首。正吃时，只见门口三个汉子探头张望，去了又来。周通看了有疑，仍顾着自己吃，冷不防三个汉子托地冲入门来，掏出铁索，往二人头上一兜，早兜个着。周通大怒，立起身，把铁链只一勒，勒断在地，却要伸拳去打汉子，一见无怀被拖出店外去了，周通踢翻桌子，跳出店来。两个汉子追着来揪周通，周通争前去夺无怀，却被汉子架住。周通打翻一个，又来一个，一路打，一路追，猛回头看时，早不见了无怀。

正是：

才脱樊笼入虎口，却来平地又风波。

不知周通怎生对付，且俟九回分说。

珊珊以母在，不敢念无怀，无怀以失欢于父，尤不敢念珊珊，实则二人固无时不相思相望，唯作者不肯直书耳。至此珊珊之母死，即引出范老，为投寻之地。妙在居敢当闲谈一递，而使无怀将信将疑，颠倒不安，乃觉两人灵犀暗通，非复一日，则情之与孝，始兼之矣。

他如陈兴不速而来告警，则浦口落陷不突。徐焕照接应在遐，一示居敢当之义，一则将使周通、无怀各得其所，而不负读者之望。谁知后文又一变耶。

第九回

夺漏网独葛战三李
退群寇二薛下孤城

话说周通抬头不见无怀，喝那两汉子道："你们这些贼伙，将我的兄弟拖了哪里去？你们有几个脑袋，直这般大胆妄为？"

那两人道："汉子息怒，你的兄弟被我那兄弟请了家去了，你跟我们一路去，好使见面。"

周通看看两人道："凭你们什么诡计，老爷有的是拳头，再也不怕，快引我去那里见我的兄弟。"

两人一前一后引路，周通夹在中间。走了一阵，来至一所墙门，只见那拦劫无怀的汉子迎出门来，与两人说了几句话。四人一路入门，那汉子把门闩上了。

周通一看，门内是个大天井，劈面廊檐下正吊着无怀，不由得大怒，喝道："还不放他下来！"

两个汉子道："你这劫贼，闯了弥天大罪，却在街上走来走去，到这里不由你多说话。"

说着，三人一齐扑上身来，攻打周通。周通前后招架，左右掩护。斗至二十余合，看看三人力懈，周通虚闪一闪，飞起右腿，正对旁边汉子，叫声"着"，把那汉子踢到廊下阶石上跌翻了。周通趁势来战两人，两人有些心慌，早被周通觑出破绽。周通看得准，霍地使个鸳鸯拐，正着左面那汉子，一个倒跟头跌翻在右坪上，半晌不起。周通见两人打倒，越发有性，直扑身独战那汉子。正待猛去一拳，使个满天星劈下，忽见一筹粗泼大汉立在跟前，提着棍棒隔住道："好汉且住，听小人一言。"

周通见那大汉声如洪钟，眼似铜铃，不觉暗暗称奇，放下手道："据你怎么说？"

那大汉道："朋友，你姓甚名谁？"

周通道："我行不改姓，坐不换名，是山东济南府人氏，姓葛名周通。"

那大汉道："莫就是大闹溧阳县将军会的葛周通？"

周通道："只我便是。"

那大汉道："也罢，这三个是我的兄弟。"指着那廊檐下一个道，"他是李大。"指着对面一个道，"他是李二。"指着地下坐着那一个道，"他是李四。"

周通道："敢问兄长大名？"

那大汉道："小人是无锡人氏，姓薛名成的便是。"

周通道："久闻江湖上说的黑盘蛇成爷，不想却在这里相遇。"

薛成道："我也犯了该死的罪，方来在这里。"回头对李二道，"你们如何把他赚了来？"

李二道："如今镇江府新府尊到任，一心要严办溧阳县杀伤大案，行文来本府本县，悬赏捉拿凶犯，现有犯人图状，也贴在通衢大道。今见他两个晃来晃去在市心走，兄弟们看得亲切，果是他们两个，如何不捉拿他？"

原来李氏兄弟四人向习武艺，李三早死，李大、李四在本地行猎为生，是有名猎户，李二现当江宁府江宁县捕役。因家住浦口，又逢元宵，故在村上闲散。适遇了周通、无怀，却是当案的人，因此诱获家来。那李大、李二兄弟两人比先时曾在南边背包行贩，干些小生意度日，那年亏折了本钱，流落无锡，归不得家。有人指点薛成一条门路，亏得薛成打发盘缠，送他两个回浦口，当时也着实酒肉管待，十分爱好。两个感激在心，思得报答。一别数年，不曾见面。

自从薛成夜杀千寿寺，犯了几条人命大案，逃出无锡城来，一路上哪敢逗留，只往北行。那日向晚，来到南京城外，正在觅客店，路中撞着李二，吃李二一把拖住，说："恩人哪里去？我们兄弟正是想煞！"

由不得薛成做主，只渡江来浦口家住。李大、李四也都见面欢喜。薛成便说出无锡犯了命案在逃。李二回说自家正在县里当捕役，早晚公事分明，且在此躲闪，包无干碍。

李四听说，虽有些害怕，但既是兄家受过恩的人，也不敢多嘴。李氏三弟兄论年都较薛成为小，就拜了薛成为兄。薛成撇不过三人这般义气诚心，也便在李家住下。

当时薛成见李大兄弟赚得葛周通来家，在天井里战斗，李大、李四都被打翻，李二正在危急。薛成喝一声，将两人隔住，问明李二，乃知县里有公案亟待捉拿的人。

薛成道："兄弟，看我面上，把他两人都放了。"

李二道："方才街上人都知道我们办的事，将来传出去，倒不是我们来做窝藏？"

薛成道："说什么话，你们又打他不过，你说窝藏，先自窝藏了我，终不成听你把他们两个送县去了。你怕外面多嘴，你便不做那贼公事也休。"说得李二哑口无言。

这时，李大、李四都拢来说话。

薛成道："快将那廊下的后生放下来，大家喝杯酒。"

李二去放下无怀。薛成叫周通、无怀与李氏兄弟都见了，六人走入客堂坐定。

薛成道："李家兄弟，胡乱将几盏酒来。"

周通道："不劳麻烦。"

李大道："我家有的好酒，又有野味，快将来大家喝。"

李二、李四去提出酒菜来，六人依次入席。

薛成满饮了三杯，问周通道："你来这里，打算哪里去？"

周通道："我们两人自十二圩来，承居明记店主人居敢当看管我们，叫去投徐州府步哨管带徐焕照那里勾当，有书信在此。"

周通说罢，掏出信来。

薛成道："我又不认得字，看它什么？"

正说时，只见李大、李二忽然拜伏在周通跟前。周通慌忙扶起二人。

薛成哈哈笑道："如何又这般敬重？"

李大道："兄长不知，这居家店主乃是小弟们过堂师父，不道与葛兄朋友。方才冒犯葛兄，因此告罪。"

薛成道："你看嘛，你们还要捉他到县里去呢！"

李二道："小弟再也不敢。"

周通道："周通承诸兄长这般错爱，如何得当？"

薛成道："自应如此，但问那居家店主怎样能耐？"

李二道："若说他老人家，无一般武艺不精，无一件世故不透。前有个海洋大盗，名作海浪竿，有万夫不当之勇，横行太湖十几年，官兵围打几十次，休想拔他一根毫毛。那时我的师父居敢当正在苏州府当捕快头儿，只用了几个人，施了计策，把海浪竿打退太湖，从此不敢出道。他老人家端的是江南有名老捕快，兄长如何不知？"

周通听说，心下寻思："原来他两个也是打出来的朋友。"

薛成道："我又不做海洋大盗，如何认得老捕快？"

众人说说笑笑，早把酒坛翻了天，大家散去。

薛成看看无怀，问道："你这位兄弟，好似哪里见过来？"

周通道："他本是无锡人。"

薛成道："果然好生面善。"

薛成睁着眼看无怀，猛可省悟道："你姓王，莫就是王家少爷王石田的儿子不成？"

无怀被薛成这一问，噤住了口。

薛成道："哎呀，你是什么时候出来的？"

周通道："也有半年多了。"

薛成道："你那后母叫什么白玉兰，被人割了首级去；你家当差刘升也被削去左耳，待死不死；你父亲也亡故了。你家正寻得你苦，你却在这里。"

无怀听说，立起身跪前问道："义士，你这话是真也假？"

薛成道："我衣基无锡，住珍珠街三五十年，我家后门正对丁家照墙，丁家后门对你家观前街前门。你我也只隔一条街，往日你认不得我，我却认得你，如何贴邻的事倒会不知？"

无怀听这一说，叫声哎呀，仰扑身倒地，口吐白沫。众人拢来看视，都道痰厥了，半晌救得苏来，无怀大哭。众人面面相觑，好生惊疑。

薛成道："你们不知，他是我无锡有名书香之家，他是绝顶聪明、通文达理的人。他那父亲本也是个好人，不合娶了白玉兰，单听贼娘们儿一派鬼话，变死作活，将他们撺了出来，如今害得家破人亡。"

无怀哭道："实是小子不孝，当初不合违拗我父亲，到而今生不能养，死不能葬，还自飘荡不知。小子死活也要往家中走一遭，但得亡父母灵前一死，也便罢休。"无怀说毕，辞别众人待行。

李二拖住道："却使不得！现在官司正捉得紧，早晚在关道上有人盘查，倘有个高下，兀自去坐牢里，便是你死爹死娘也不快活。"

众人都拦住无怀，不许便行。

薛成道："也奇他是个弱软软书生，怎的把他断作大盗？"

周通道："便是那溧阳县瘟官，不知好歹，死要连累他，若不是这个，我也气得过。原是我打将军会的，我该受的罪，就叫我充军，去十万八千里路，我也落得。"

李二道："大约是县里为的打死人太多，因此连累他。"

薛成道："也不管他，但现下路口不平，绝去不得。"

众人都劝住无怀。无怀越是伤心，号啕大哭。

薛成看不过，说道："王少爷，你听我说，人既死了，不是哭得活来。你又不是个娘们儿，只管啼啼哭哭干什么？却闹人心焦。"

众人又拢来解劝。无怀只得收泪，托叫周通去办孝服。周通告知李家兄弟，当晚无怀在李家披麻执杖，挂孝祭吊，匍匐号哭，声泪俱断，众人都为下涕。

无怀、周通在李家一住三日，尽皆蔬食。这日早晨待行，李大先去雇了一辆骡车，在官道上等候。薛成、李二、李四送周通、无怀至官道上车，方才相别。周通、无怀自向徐州府投徐管

85

带那里去了。薛成送别，与李家兄弟回家，独自坐房中嗟叹。

李四暗地里对李二道："好大的犯人捉住了，又不去请赏，却放他走。更在我家做这等不吉利的事，我家又不死人，挂什么鸟孝，乱哭乱啼地闹得家宅不安。"

李二道："你别多嘴，这是兄长的主意，怎好违拗。"

李四冷笑道："什么兄长不兄长？他自姓薛，关我们屁事！他若会做兄长，我被那贼囚徒打伤，怎么问也不问一句？多敢是没路走，到这里来吃闲饭，却这般托大。"

李二道："我们兄弟昔日曾受他恩德，如何可亏待他？你须仔细管待，不得无礼。"

李四道："须知我不曾受他好处，你们两个动着说恩德，我又不看见。如今我爹娘死光了，倒请了个晚爹来。"

李二道："胡说，再自乱言，着实打你的嘴。"

李四白着眼，叽咕着出去了。自此，李四常有些言语与李大、李二拌嘴，颜面上也露出不好看。

忽一日清早，薛成起来，拴束包裹，对李大、李二道："兄弟再会！"

李大、李二道："兄长哪里去？"

薛成道："我自有我的去处。"

李大道："纵使我兄弟有怠慢处，兄长但看小弟面上，如何便去？"

薛成道："我也不惯得日夜里坐着不动，你们又养不得我过一世，我自要去走走。"说罢，跨出大门。

李二上前拦住道："纵然兄长要走，小弟也得拨些盘缠，方才安心。"

李二一面拦住薛成，一面叫李大拿钱。李大掏把银两追出门来，塞在薛成包裹里。

薛成捧过银两，扯在李二怀里道："薛成心领，权将此银两为兄弟喝酒，薛成路上自得理会，兄弟放心。"

李二再三苦劝，薛成始终不肯收。

李二道："如何这般绝我兄弟？"

李大道："兄弟们有的干粮，多少乞兄长带些在身，也得路上点饥。"

薛成道："这个也好。"

李大慌忙去屋内提了一大包干粮来，李二接过，替薛成揣在包裹里。薛成拽了包裹，说声再会，拔步便走。李大、李二送了一段路。

薛成道："兄弟回去，日后总得相会。"

李大、李二方始回家。

薛成出得李家来，望北而行，思量哪里去投军入伍也好。

走了一日，看看天色向晚，黄沙四起，薛成肚中饥饿，来林子里坐下，打开包裹吃干粮。无移时，只见隔林有三四个人在那里探头张望。薛成想道："常听说北路上有剪径的，原来就在这里。你们老大晦气，老爷正少些盘缠使用。"设想之间，只见四五人一声怪哨，都赶到官路上去了。

薛成自语道："又不来闹我，敢有些什么？"立起身一望，但见官路上一辆骡车逐尘而来，走得将近，忽见六七个人提棍棒断在路口，正待行劫。

薛成大吼一声，掏出尖刀，跳出林子来，急去那为首强人身上一刀，正着臂膊，鲜血淋流。众伙大惊，喝着棍棒扑打薛成。薛成一把抓接住棍棒，一脚踢翻两个落路旁。众伙见来势凶猛，一声怪哨，夺路而走，尽入林子散窜去了。

薛成回头看那骡车上坐的是个老者，约莫五十多年纪，削面白须，微带笑容，衣冠虽旧也洁，浑似绅士模样。旁边有个男子，三十多岁，下人装束，约是老者长随。此外便是赶骡车的一人，也有几件行李箱箧之类。

那老者拱手对薛成道："今日不逢义士搭救，咱们三口儿性命休了。多谢盛情，感激匪浅。"

薛成道："不知老丈投哪里去？如何不叫一人保镖？"

那老者道："今日本去张堡垒打尖，不想牲口赶不上，到这时尚在这里。"

赶骡车的道："实是车身太重了，牲口乏力，走不起步。"

老者道："且不知什么时可到张堡垒，前面多是林子，怎么得了？"

薛成听说，发话道："小人一路陪老丈去张堡垒如何？"

老者拱手道："那是老夫深幸，到那里自当重谢义士。"

薛成也不答话，叫骡车停住，入林子里去提了包裹来，一同上车，坐一会儿，走一会儿，也帮着赶骡车的赶了一段路。到张堡垒时，已是半夜将近。

这张堡垒是一所泥城，在江苏、山东交界地方，还是明末时候为防备山东寇盗建设此城。四面一二百里开阔无人家，只是孤零零一所小城池，无非为往来商旅做个歇宿处所。

当时薛成等众人来到城下，城门已关，骡车不许进城，城外只是些泥墙草屋矮篷子，更无客店，只得在城外卸车，由那长随与薛成两人将行李运进城来，在城内客店歇宿。薛成看那箱箧上贴有无锡县字样，心中一动。店小二安置行李既毕，那老者吩咐造些酒饭，叫薛成一处吃喝。

薛成问道："老丈自哪里来？现投何处去？不敢拜问姓名。"

那老者道："不瞒义士说，兄弟是退职小官，姓薛名应瑞，向署江苏省无锡县正堂。为是本管一件杀奸命案，杀死六七人，捕揖正犯不获，因此开去本职，遣归原籍……"

一言未了，薛成扑翻身便拜，央告道："小人薛成，身犯该死之罪，连累县爷前程，不敢抵赖，但望指办。"

薛应瑞也吃了一惊，起身道："真的倒是薛成！"

薛成道："小人是薛成。"

薛应瑞道："起来且会。"

薛应瑞扶起薛成，笑道："在理而论，你自有应得之罪，我不合与你同席。在情而论，我现是平民，你是亡命，你既在路上救得我，我岂有到这时反噬你？如今一概不论，我只当你是朋友，大家谈谈。"

薛成道："小人不敢。"

薛应瑞道："你是有胆汉子，如何说这等话？"

薛成一拜到地，告道："小人放肆。"

薛成坐下，与薛应瑞对酌两盏，便从头把自家杀寺原委述了一遍。

不知薛应瑞如何答话，且俟十回分说。

前面叙葛、王赴徐，意谓其于徐焕照有伸化也，乃忽接薛成，先以李氏兄弟间之。李氏兄弟之来，度必为薛成也，而下文忽更有李氏之文，下笔如剥笋，剥至极处，实未尝尽其箨。篇中喜怒哀乐尽致，自诸人相会以

89

来，每饮酒而谈，一在居家，一在李氏，一在孤城客店，故使相犯，而各有意境。二薛邂逅一段文字，遥应前记二十二回薛应瑞小传，而又早伏于杀千寿寺后，薛知县申文听罪之际也。所以不言溧阳县者，盖溧阳县一俗吏耳，姓名且不书，何有乎传。

第十回

留壮士安良媚权门
打头陀薛成报旧主

话说薛应瑞听薛成一番言语，笑道："你也忒莽撞，既你杀了千寿寺当家，不合杀那徐婆，又且你打伤许多和尚。照律例而论，你的罪就了不得。现是过去事，也不说它，我且问你，你现投什么去处？"

薛成道："小人正无处可投，若蒙恩主收留，小人一命相报。"

薛应瑞寻思："这人果是爽直汉子，只是性气太躁，不免有些担险。亦且是犯罪的人，又在我的管下，倘被人指发，更有干缠。"说道："只恐我这里安不得你。"

薛成道："小人虽是粗鲁汉子，也辨得恩怨分明，一心要报答恩主，赎小人半分之罪。但凭恩主吩咐，小人万死不辞。"

薛应瑞道："既你这般说，我有几句话，你可不得相违。第一，不许使性；第二，不许多言多动；第三，不许多吃酒。如此，我便安得你。"

薛成道："谅此些许小事，薛成是个汉子，如何不遵吩咐？"

薛成起立，拜谢薛应瑞，便立侍左右，与那长随两人伺候薛应瑞睡下，早由店小二将酒碟菜碗提去了。薛成与长随两人自去隔房歇宿。

次早起来，薛应瑞对薛成道："我本当进京，唯恐路途多险，打算回河间府原籍一走。如今有你一路，自多稳便，且不回家，先去晋京见我那老师。你去雇车辆即便上道，叫不要耽误了路程。"

薛成答应，即去城外雇好一辆骡车，搬上行李，扶持薛应瑞上车，一路投北京来。到得京城卸车，在前门外客店安歇。薛应瑞取出衣帽，乘一顶小轿，带着长随，去见他那老师。薛成自在客店守候。

原来清时不论大小官职，科甲捐班，但要做官，先须在京拜门投师。那些老师们多半是内廷倚重太监和当朝得势大臣，有了靠山，便着些干碍，都有照应。若不拜门做官，暂时也使得，只是不长，一有冒犯，便祸不可测。通常有句话："朝廷无人莫做官。"就是这些勾当，也不但是清朝，却是代代如此。

且说这薛应瑞，原是个寒儒，既无本钱，哪来拜得好门师。还亏有个同年替他找了个旗人，名唤安良，是内庭老太监安邦兴的侄子，年纪不过三十多岁，因他面貌生得端正，捧上当时一个贝勒，即在贝勒府中承差。满廷大员都相熟识，一时也有些手势。薛应瑞无计奈何，但花些小本钱，便拜安良为师。自从去南边知无锡县事，都是安良之力，不防吃薛成闹了一阵，被上司参奏削职。薛应瑞在任时，还是书生习气，不肯掏钱，到这时妙手空空，徒有虚名，想一官到手，不是容易，要不做官，又无别法，因此来京，只得再去面求安良。当时薛应瑞专诚去拜，适那安良去贝勒府请安，到晚不曾回来。薛应瑞只得回店，第二日早晨又去，因去得太早，却不曾起来。等了半日，有个老管家回道："下半天来。"薛应瑞只得退出，回到店中。

薛成问道："恩主可几时到任？"

薛应瑞道："他正有事，不曾见到。"

薛成道："是什么人，不死不活的，老是不见面？"

薛应瑞道："胡说！你又来言语。"

薛成默声退去。饭后，薛应瑞不敢怠慢，早来安良家投帖。老管家引叫大厅上伺候，一顿饭时，安良踱出屏门来。薛应瑞上前请过安，退立下侧。安良叫坐，薛应瑞兀自在下首坐了。

安良道："你如何这般不检点？闹得咱也难说话。"

薛应瑞道："是，门生失检，望老师栽培。"

安良道："当初你胡乱抓几个人，办一办，也行了，怎么这般不经济，反自丢了前程。也罢，咱得便时，替你留心，有事来叫你。"

薛应瑞连声道谢，退出厅外。左右喝一声送客，安良早自回入屏门去了。

薛应瑞回店。薛成问道："今日又不见到？"

薛应瑞道："别叫你多管。"

薛成思疑："这贼老师敢是发疯病，长叫人扑空，怎的拜这等人做老师？"

正晚饭时，有人来店请薛应瑞，安良府差遣，叫速去府里有话说。薛成大喜。薛应瑞心下纳罕，即叫备轿投安府，来见安良。

安良道："方才忘记一句话问，从前听你说，你那河间府里很多有气力的人，你可替咱去找一二个人来，咱正有用处。"

薛应瑞听说，自肚里寻思："事有凑巧，薛成端的是个壮士，但他是在逃的人，言动又莽，单怕生事。待要复绝安良，又不好意思。若往河间府去找，当初不过一句话，现在哪里有这般容易？"略想了想，答道："恩师有命，门生安敢不力？但门生家乡虽有几个壮丁，早是投往别处，一时哪里去寻？现下门生身边有个跟随，好大气力，只他是个粗笨奴才，不懂规矩，门生又不敢保。"

安良道："不管他是蠢奴，只需有气力，你明儿带他来咱这里瞧瞧。"

薛应瑞答应，辞了安良回店，与薛成说明根由。

薛成道："我既答允恩主，谁愿去伺候他？"

薛应瑞道："是我叫你去，有关我的前程，你知不知？"

薛成道："也罢，小人便去一时。"

薛应瑞道："你去只去，切莫多言乱动。他那里比不得我这里，你须十分小心。"

薛成道："小人谨心在意便是。"

次早，薛应瑞来安府，便不带长随，只带薛成。入安府来，上下都对薛在望。主仆二人候了一会儿，安良叫接见。薛应瑞带薛成同入厅上见安良，薛成思量："这猴子也似的后生，却去叫他做老师，难道有飞天的本事？"只睁着眼看安良。

安良问薛应瑞道："就是这人吗？"

薛应瑞道："正是这奴才，多般不识体统，望老师宽容。"

安良笑道："只要有气力，咱便用得。"

薛成插话道："你若说气力，便大虫也打得死。"

薛应瑞连忙啐住道："胡说！"

安良哈哈笑道："你好好在咱家，日后咱自抬举你。"

薛成道："最好，请你把我主人的事也赶紧点儿。"

薛应瑞被说得面红耳热，啐道："该死的奴才，直这般不知体统。"一面赔话道，"老师包荒。"

安良笑道："好个莽撞的汉子，也是他一片心意，且莫怪他。"

叫老管家引去下房歇下，听候差遣。薛应瑞见安良收用薛成，言语多有回护，心下欢喜，也即辞别安良，自回客店去了。

话里单说薛成跟老管家到下房来，与听差厮们一处坐地，看看各人都有执司，东奔西走地忙得正紧，只自家闲着无事，又没个人来招呼，问众人时，十有九不应，但斜着眼望。一住三日，都是如此。薛成闷慌，自念道："见他娘的鬼，早知道来这里做木主，倒不如讨饭去，也省得看这些贼面孔。"

过了两日，那老管家来引薛成，叫去门房上看守大门。

薛成道："我且问你，你们那位大爷叫我来时，原要我使气力，我倒不懂，你们家那头大门难道有虎豹狮象不成？你怎么不管，倒要我去管？"

老管家喝道："你这小厮，脖子上有几个脑袋？主公叫你干什么，你干什么，挨得着你说半句话？"

薛成大怒，抢起拳头打去，猛可省悟，缩了回来，喝道："依我性子，先打落你半个狗头，看我能说话不能！"

老管家道："你打你打！"

薛成道："权寄下这一顿拳头，看老爷高兴时，早晚发作。"

老管家也一路骂过来，引薛成至门房上一推，歪着头骂入里面去了。薛成看门房内原有一个人在那里坐，也不睬他，自去窗帘下靠着桌子，纳头便睡。如此三五日，到时吃饭，到时歇宿，薛成每日叹气。忽然想起薛应瑞，放心不下，一道烟溜到客店。

薛应瑞道："你来何事？安府可有什么话？"

薛成摇头道："我自来看恩主。"

薛应瑞怒道："谁叫你来看我？速去速去！"

即叫长随拖出薛成。薛成无奈，只得懒懒地回安府。正入门房，只见老管家拍桌大骂道："你这贼好大胆，也不禀过我，竟逃出门去！府里出了事，谁来担待？"

薛成道："除非你这老贼撩拨我，谁曾见府里出了事？老爷欢喜外面逛逛，挨得着你说半句话？"

老管家大怒，一手来揪薛成，一面口里说："我和你到主公前说话，今日由不得你！"

薛成更忍不住，趁手一巴掌，把老管家打到地上，两颗门前牙出窍，血流如注。众人忙来搀扶老管家，拉开薛成，一伙子拥到大厅上，禀告安良。安良听得厅上哭哭啼啼，慌忙出来。老管家撮着两颗血牙，扭转脖子哭诉了一番。

安良道："薛成，你好大胆，却来咱府里打人！他是有年纪的人，你倒欺负他！"

薛成道："小人因主人在店，放心不下，到那里探望一遭，不想老管家骂我又来揪我。小人一时气愤，也只随手拍他一下，他自门牙生得不牢，撞下地来。实是他先打小人。"

安良道："胡说！下次再敢乱动，定将你送官严办。"

薛成道："小人再也不敢。"

老管家哭道："奴才承主公大恩，叫管众当杂厮们，今被薛成打得头破血出，奴才如何再敢管治，求主公做主。"

安良道："咱前日吩咐你们，薛成这人莽撞，叫你领去教导他，好使他懂得府里规矩。你却与他一般见识，先去争闹，日后再有这等事，唯你是问。"

老管家哪敢回话，一迭连声应是。众人尽皆失色，一伙子退出大厅，窃窃私议，都来与薛成说话。薛成寻思："不想这安家后生说话倒有分寸，你们这些贼伙如今也怕得我打了，我偏不打你们。"

从此薛成也略安心住下。众厮们常分些酒食与吃，再也无人敢与薛成违拗。自从薛成来安宅，前后约一月。

忽一日，安良召薛成说话，对薛成道："咱一心要抬举你，将你去贝勒府奉侍贝勒。那贝勒是个聪明才俊极好武艺的人，手下有的是好汉，你去但要小心谨慎，不可莽撞。日后安身立业，就在这条路上。你若被人打翻了，休来见我。若是战胜了，咱还得重重赏你。"

薛成大喜过望，再拜称谢。

原来清时亲王贝勒常在家下收养壮士，编作侍卫，一因旗人本性好武，二因闲常防御不测，借此争耀威风。安良一心要讨贝勒欢喜，故留薛成在家，将去凑奉心意。

当下安良说罢，叫取一领长袍给薛成换上，即命备轿带薛成来贝勒府。安良与仪门上管事笑说几句话，直带薛成跑入厅堂，穿过好几重门户，一路有人招呼安良。走了一阵，见前面好似弥陀阁模样，一座玲珑楼台，门前挂着碧纱帘，顶门上一块金字朱漆匾额，写上四个大字。薛成看了，心下纳罕。安良回头，叫薛成站住，自推帘子入去。好一会儿，安良出来，带薛成入内，穿过碧油屏门，走向雕廊，进入正室。只见当中紫檀雕龙绣榻上坐着一人，三十上下年纪，头戴纱帽，身穿酱紫箭衣，腰扣玉带，脚踏朝靴，面如冠玉，身如植鳍，眼如流星，端正坐在榻床左首。左右站着两名侍卫。薛成思量："这人必是贝勒爷也。"安良进入，近贝勒三五步之处，屈一膝请安。薛成见安良屈膝，也便在后跪下。

安良起来，去那贝勒旁侍立，禀道："这人名作薛成，会些枪棒武艺，是个粗笨奴才，小人看他忠心，带来贝勒爷府使用。"

贝勒道："也好，咱这里用得这些人。"

问薛成道："你有何能？"

薛成道："小人无能，只一心报主。"

贝勒点头，旁顾右侍卫，侍卫打千出门。无多时，领一人入来。薛成看那人时，是个老太监。

贝勒道："引这薛成去讲武堂歇下。"

老太监磕头答应，引薛成出门。安良伺候贝勒，到晚方去。薛成随老太监出阁儿，转弯抹角，经回廊曲榭，不时间有人招呼老太监，声称管事长公。薛成想道："又是一个老管家。"

二人来至一处，但见有几个汉子摩拳擦掌，在那里散习武艺，正屋上列着刀枪叉戟棍棒无数。

有人问老太监："这汉子哪里来？"

老太监道："安二带来。"

众多汉子们都来看薛成。老太监引薛成至耳房小屋内，叫令歇下，自在外面与当杂厮们说些话去了。

薛成入屋内看时，一般有床铺桌椅，很是整洁。欲坐不坐时，有厮役进来问道："达官喝什么酒？"

薛成道："只管将酒菜来，不论好坏。"

厮役答应，即提了一大壶白酒、一盘白块牛肉，端与薛成。

薛成吃罢，厮役道："达官可曾见大法师去来？"

薛成道："却是哪个大法师？这里又不是寺院。"

厮役道："原来达官不知，咱们贝勒府里这讲武堂共有五十六个壮汉，为首是个头陀，一等武艺，众人都打他不过，推为堂主，称作大法师。但凡有新来的人，都要堂主允许，然后给他酒食。小人只道你跟长公见了来，不防你还不曾见过，倒是小人冒失了。"

薛成道："打什么紧，停刻去见他就是。"

正说时，有人在外问道："新来的薛成在哪里？"

厮役忙应道："在此。"

那人道："法师叫他速去。"

薛成起身，随那人出门来，走向后廊。经三四间厅屋，厅前一大座假山。但见假山旁石凳上坐着一个和尚，身披海青，脚扎花绦，下踏麻鞋，眼睁睁望薛成。那人引薛成至和尚跟前。

薛成一见，早自一肚皮气，强按着性子作揖道："法师有何言语吩咐？"

那头陀端坐不动，只顾看薛成，半晌说道："你是薛成？谁叫你来此？"

薛成道："贝勒爷叫我在府中居住。"

那头陀道："你知得来此吃闲饭，你也不问问这里的规矩？"

薛成道："我自奉主人之命来此，管得你什么规矩？"

那头陀道："好小子，你道贝勒爷容你，偏我不容你！"

薛成道："你不容便怎样？"

那头陀一言不发，托地立起，捋起袖子，一铁尺正对薛成打来。薛成大怒，闪过身，猛回一拳，也扑个空。那头陀跳在身后，正傍山石，来战薛成。薛成疾回身，猛一脚踢翻假山，但听暴雷价响，山石碎落头陀前。头陀急退数步，跃过身直取薛成。薛成看得准，正等那头陀奔来时，疾转身，趁势去肩背上一拳，打个正着。那头陀见假山崩倒，本有些虚慌，又是满地碎石，站不稳地步，被薛成这一手，哪里还受得住，早扑身伏在地下。薛成踏进一步，去头陀脑后上又两拳，打得脑浆迸流。

众人闻变，拢来看高，早已拥塞四周。薛成起身，只见管事太监慌忙走入圈子来。

薛成寻思："这番又连累薛应瑞、安良了。"不慌不忙对管事太监道："是我打死，不与他人相干。"

管事太监拱手笑道："恭喜薛哥！"

一把拖住薛成，出讲武堂来见贝勒。老太监禀过事由，薛成央告道："小人奉贝勒爷吩咐，令候使用。那头陀却不容小人，小人一时性起，误伤头陀，乞贝勒爷恩典，只严办小人，不干他人之事。"

贝勒笑道："咱这讲武堂，原是讲的武艺，不干人命，谁使得气力，谁便做堂主。"

叫侍卫取五十两白银赏与薛成。

薛成道："小人无功，不敢受赏。"

贝勒道："你家岂无父母妻子？也将咱这赏银带去，好使安心。"

薛成道："小人早已无家。"

贝勒道："但有甚人？"

薛成道："更无甚人，但有个旧主人薛应瑞，本是江苏省无锡县正堂，现在削职。在官时不曾有些许积储，向来爽直。这人便是同小人亲生父母。"

贝勒道："这人现在哪里？"

薛成道："现在前门外客店。"

贝勒点头，一面吩咐老太监，着令薛成为堂主，若有人不服，准予较量。薛成谢恩，管事太监仍引薛成来堂，满面笑容，说短说长。众多汉子都来接见道喜，惊薛成有拔山之力，又谁敢不服。管事太监叫从人曳去头陀尸身埋葬，重造假山。自此薛成在贝勒府讲武堂住下，一发勤习武艺，不敢怠慢。

一日，管事太监来道："薛哥恭喜！"

薛成请进道："长公且坐，有何喜事？"

管事太监道："前日贝勒爷见你不领赏银，闻得你有个旧主人薛应瑞，好个州县官儿。贝勒爷恩典，交下一个条子，保他做安徽省凤阳府尹，近日已上任去了。"

薛成道："真有此事？小人且去贝勒爷跟前磕头谢恩。"

管事太监道："不可，贝勒爷不曾有命，都是我的多嘴，恐有不便。你但心下明白，向后谢恩未迟。"

薛成道："原来恁地……"

一言未了，人报安二爷来堂，寻薛堂主说话。薛成慌忙出迎。

不知安良到来何事，且俟十一回分说。

此薛成正传也，写薛成见薛应瑞，见安良，见贝勒，各有意境，写打头陀，打老管家，各有身手。夹写薛应瑞见安良，安良见贝勒，并三人之言动笑貌，各具声口。事相犯而文不拘泥，情相类而语无牵涉，双管齐下，到底不欹。圣叹所谓鹅毛之细，亦必作千万言者是也。

第十一回

白发红颜求神问卜
青剑碧血入夜采花

话说薛成迎安良进来，只见安良满脸笑容，先与管事太监打了招呼，并首坐下。薛成站在旁边。

安良道："如今你是这讲武堂主，咱们都是贝勒爷属下的人。从前你在咱家，也只是宾主之谊，岂分上下，并不可这般拘束。"

薛成哪里肯坐。安良道："坐了好说话。"一手拉住薛成坐下。

管事太监见安良有事，说着由儿辞去了。

安良对薛成道："你那旧东薛应瑞，现由贝勒爷做主，升任凤阳府尹。前日来咱家辞行，已上任去，托咱通知你，好使放心。"

薛成道："都是主人之力，便薛成也感激十分。"

安良道："咱不过现成说句话，倒是你把那头陀打死的好。现下贝勒爷很看重你，这几日敢怕要差你到安庆去，有些勾当交与那安徽抚台。那人也是咱们旗人，与咱相熟，你若动身时，先走咱家一转，休要忘了。"

薛成道："不劳主人挂心，自理会得。"

安良又说些闲话，相别薛成自去。

过得几日，侍卫来召薛成问话。薛成心内明白，见过贝勒。

贝勒道："咱有些重要勾当要去安徽省城抚院那儿下文书，要了回件回来，恐途中有失，须差你去，不得苟且。"

薛成道："小人便去。"

贝勒掷下书信，交与薛成。薛成藏好书信，拜别贝勒，拴束包裹，先至安良家来。

安良接入内厅，说道："你这封书信关碍匪浅，路上小心。"

薛成意中不明。

安良道："你可不明来由，贝勒爷叫将这封书投那抚院，那抚院自有回文，别有箱笼叫你带转。那箱笼内都是珍宝贵重之物，因恐有失，不差多人，只差你去。你若专心伺候贝勒，后日功名不可限量。咱这里也有一封信交与抚院，也要等了回文。"

安良说罢，掏出一封信，交薛成收藏。薛成拜别，昼夜兼程，投安庆来。不几日，行到安庆省城，至抚衙下了文书。那抚台知是贝勒所差，自有一番待遇，当面问话。薛成也呈上安良书信，在抚衙歇宿一夜。

次日，抚院备好回文两通、朱红小皮箱一扣，交薛成带回。薛成遵礼拜别上道，心内踌躇："既到安庆，何妨一去凤阳，探看旧主？"当日便改道走凤阳。

此时薛成比不得往前，一不怕关津盘问，二不怕州县敲索，身边有钱，脚底轻松，一路不敢耽搁，早来至凤阳府城，直驱府衙投帖。那薛应瑞听得薛成到来，好生欢喜，即命引入花厅。薛成拜见，陈明来由。

薛应瑞道："你今是贝勒尊使，拘不得旧礼。"叫取酒食管待。薛应瑞自把盏相陪。

103

薛成道："恩主这般礼数，多使小人不安，小人但吃这里酒食，便是十二分快活。"

薛应瑞叫亲随一连筛酒供菜。薛成吃个饱，主仆二人各诉别后情形，说不尽言语。到晚，薛成在衙宿歇。

薛应瑞道："既你奉贝勒之命，单来抚院投文书，我不敢留你，明日速即回京。"

薛成答应。次早薛成告别，薛应瑞派两名亲随护送。

薛成道："小人独走荒山僻径，也是一般，谅禁城之内，谁敢相扰？"便执意不允。

薛成拜别薛德瑞，驮了朱箱包裹，出得府衙。正走之间，瞥见一个老儿沿街旁迎面走来。薛成一看，好生面善。那老儿也只瞪着眼望，两个一来一去，擦过身。薛成想道："作怪，这人是哪里曾见来？"回头望老儿，那老儿也正停住脚步，定睛看薛成。薛成想不起来，缓缓返身前行，只听有人叫成爷，那老儿已是赶上来。

听老儿道："想不起你就是成爷，却在这里！"

薛成道："真也想不起你是哪一个。"

老儿道："我是无锡城外西街上范老爹。"

薛成道："怪得面熟，原来是你，好久不见你，倒来这里干甚？"

范老道："说不得起。"

薛成道："哪里有酒馆？我们两个说些话。"

范老指着道："前面便有。"

薛成、范老来酒馆上，拣僻静处坐定，胡乱叫些酒菜。

薛成问道："我出来时，无锡人怎么传说？"

范老道："你事早了，县官也走了，街上传说，但替你可惜。

好好一家，落得如此收场。"

薛成道："也罢，你如何来这里？"

范老流下泪来。

薛成惊道："老爹，值得这么悲伤？有话但说与我听。"

范老道："成爷，你如何知得。你出来时，城内观音庙不是有个忏因老师父吗？那师父有个女儿，名唤珊珊，不是先在米家，向后移去庙中居住吗？"

薛成道："这个我全知得。"

范老道："为是那一日梁锡诚太太做法事，梁家那个继儿子混账糊涂，去庙中强奸珊珊，被我撞见，打他一顿。他正与周青皮、孙济安两个狗子结伴，有人对我说，他叫周青皮毒死我家耕牛，我那儿子因此失踪，再也不见。去年腊底，忏因师父逝世，她女儿安身不得，拜我做寄爹，搬来我家住了。当日你在无锡时，想也听得，我这寄女儿比先曾与观前街王家少爷订有婚约，于今王少爷生死不明。有一日茶店上传讲，有人见他在溧阳县将军会看会。我寄女儿听了这消息，兀自要去寻他，我哪里放心得下，因此我父女两个一路出来，还是二月底时候，替她娘做了一场法事，出无锡城去溧阳县，到那县里探问。有的说王少爷闹将军会被官司捉了去，解去镇江府囚在牢里，有的说他半路上逃了去，都是一派海话，终究探寻不着。后来遇到一个凤阳婆子，与我父女同住在客店里，两厢相熟，道询起来，那婆子说王家少爷在凤阳城内搭住，说那般长短，这般状貌，说得有凭有据。我父女两个一心信她，当下随她来这凤阳府城，谁知那婆子怀着鬼胎，要想赚我寄女儿，结了几个地棍，来客店里啰唣，多般引诱。亏得我拳头硬，打翻两个，又将一个丢到粪池里，总算无事。争奈我父女没了盘缠，又不知从哪里走，动身不得。今日被店主东逼不过，去府横街当了些首饰，将去付还店资，却在这里遇了成爷。"范老说罢，兀自呜咽起来。

薛成道："你说的事，我全知道，不必伤心。你那王少爷，现在徐州府步哨管带徐焕照那里，同伴有个葛周通，是个了得的汉子。他们两人是十二圩居明记店主居敢当荐去的，你但喝杯酒，只顾放心，一到徐州，便是见面。"

范老听说，不觉破涕为笑，携着酒杯，挨近身体来道："你怎知道？说与我听。"

薛成便言自家如何逃出来，在李二家搭住，李二兄弟如何获住葛周通、王无怀，葛、王在溧阳县如何闯祸，如何半路得救，如何遇居敢当荐去徐州，也说自己如何晋京得了安身之处，一应说与范老听了。

范老大喜，起身道："既是这样，我须速即回去，报知女儿，好使她不焦灼愁苦。"

薛成道："且坐，再喝一杯，尚有话说。"

薛成打开包裹，取出二十两白银，与范老道："权为你们两个作盘缠，早晚上路，不要停留。"

范老道："成爷若是在无锡时，便给小老儿二百两，小老儿也收。这里大家客边，各有用处，不便累扰。"

薛成道："我足够的盘缠，这是多而无用，只顾收下，不要苦了女孩儿家。"

范老作了一揖收下，薛成还了酒资，驮上朱箱包裹，与范老出店，相别自去。范老飞奔回店，珊珊正等望得苦，范老气喘喘把尽有言语说与珊珊知道。

珊珊道："如此不可迁延，即去投奔那里找寻。"

当下范老算清店资，雇车进发，计定行程，来至徐州府。先在客店安歇，不停片刻，范老出店，问明步兵管带扎营去处，投寻前来，心中思量如何与王无怀说话。

来到营门，先至号房，问徐管带。

号房道："只有陆管带，不曾有姓徐的。"

范老道："请问这徐州府，更有旁的步兵管带没有？"

号房道："就只是这一处，统领管带都在这里。"

范老道："统领可是姓徐？"

号房摇头。只见一人走入，问道："是什么公事？"

范老道："探问这里一个管带，名作徐焕照的。"

那人道："徐管带去年调到广东去了，早已不在这里。"

范老道："今年正月时，有两人姓葛、姓王，来这里找徐管带，请问阿哥，可曾见这两人在哪里？"

那人笑道："这是越发不知，营里进出的人千千万万，若是见客的，还有号名簿可查，却又不曾见，待哪里查去？"

范老再要问时，那人道："你往别处找去，此地再没有这两人。"

范老无奈，只得回来，心中说不出的焦灼。回店告知珊珊，两人相对下涕，半晌无语。

范老道："姑娘休息，薛成既见说王家少爷走从这里，只要他在世上，不怕不相见。"

珊珊道："却从何处找他？有了地名，尚自找寻无着，看海阔天空，哪里是个去处？"

范老道："终不成这般便休。望神灵保佑，哪里去求条神签，问个休咎，也好做主。"

珊珊道："世上哪有这般慈悲的神灵？"

范老道："虽说一人有大数，多敢是前世注定，我们只虔心诚求，自有神明指示。"

范老叫问店小二，哪个庵庙可去烧香求签。

店小二道："本城有名玉帝天仙祠，神灵赫赫，有求必应，远近都来烧香，香火极盛。"

范老大喜，当与珊珊两个盥漱更衣，买了香烛，投天仙祠来。果然殿前廊下，婆子娘们顶礼膜拜者不少。范老引珊珊来殿下，沙弥接取香烛点着，珊珊拜伏香案下，低低祝告毕。沙弥捧过签筒，交与范老。范老递与珊珊，珊珊捧着，兜出一签。沙弥提签看数，对取神座旁字签来。

珊珊起身看道：

人天一去渺文殊，争说坠楼有绿珠。

海上剑芒添塔影，江南艳迹传双雏。

珊珊看了半晌，不解其意，想："自家本要问的无怀行踪，却来说什么塔影双雏，原于自家不相干。"

重又磕头礼拜，祝告一番，求得一签。珊珊接过那签看时，第一句道：

凤泊鸾飘事总非。

珊珊念道："哎呀，原来是一场空梦，莫是伊人已死了也！"不禁一阵心酸，打个寒噤，兀自背着脸流涕。再看下面道：

金陵城外认依稀。

草堂话别浑如梦，

寂历空山人自归。

珊珊看罢，呆了一会儿，想道："难道他已回去？如何又到南京去了？想是南京城下，尚得一会。"思想起，忍不住泪汪汪流下。

范老走近身道："签上怎么说？"

珊珊道："且回店去再说。"

范老付了些香金与沙弥，陪珊珊出祠，走回店来。

范老道："签上怎么说？"

珊珊道："签上说他在南京，还得相会，只怕我与他日后难有结束。"珊珊说着话，咽住喉咙自哭了。

范老道："菩萨也不可尽信，只取个意儿。既是签上说在南京，我们且往南京去，这里不了。"

珊珊道："凭父亲做主。"

范老付还店资，携珊珊上路，又投南京来。于路几日，每日说着无怀。范老但见有年轻的人，只瞪着眼望。到南京时，已是向晚，不能进城，二人在下关寻客店投宿。次早，范老去各客店寻访无怀，哪里有个影子。

走大街上东瞧西望，见沿街一家门口站着多人，问道："什么事聚在一处？"

有人道："文王神课，精理择日算命。"

范老挤上前一看，却不是瞎子，是个白发老道士，须长过腹。范老寻思："这人不像是个江湖骗钱的，也去请他卜一课，到底姓王的在哪里。"范老计定，挨上前立在贴近，看老道士替他人说罢，范老道："我也要卜一课。"

老道士去课筒绕了绕香炉，口中念念有词，卜下一卦，说道："此卦名习坎，有两种险陷，坎本是水，是沟渎，在人身便是心痛忧疾。两重坎，一来一往，一离一合，皆是天险地险。这卦上六爻不吉，只有六四一爻尚属可用。"

问范老道："你问的什么事？"

范老道："有男女两人，从小儿订婚，男的现在失踪，女的正在寻他，问他两个几时得会，那男的究在哪里。"

老道士道："若把这卦论男女二人，初六入于坎窞极凶，便初次见面时，早种了祸根。九二可求小得，那便稍有些起色。后来又凶，如今平平，但得心诚，可望相会。大约是丙丁月丙丁日主最吉，取用水火既济之义，只怕后来又会不得。"

老道说了一大堆，范老只是不懂，说道："你爽爽直直说一句，究竟怎样？"

老道士道："凶多吉少。"

老道士再不言语。范老付了卦钱，挤出门来，心中老大不高兴。

正待取路回店，不防沿街一家门内跳出个人来，揪住范老道："老爹，你如何来此地？"

范老打一看时，原是无锡人徐铁匠，便是薛成搠死的徐婆之子徐水乙。

范老道："你几时来这里？"

徐水乙道："缘我母被那薛成狠贼害死，自家又亏空赌钱，安不下身，来这里铁匠店里做工。不知老爹何因至此？"

范老道："也为寻一个人，在此住搭。"

徐水乙道："却是寻哪一个来？"

范老道："便是观前街王少爷。"

徐水乙道："说起他来，从前不是半夜里被人掣取首级吗？

现在这南京城内常有这些无头案，这几天闹大了，城中搜查得极严。城门也关得早，好似长毛来了一般。"

范老道："为的何事，直这般惊慌？"

徐水乙道："说来笑话。现在城中有个大盗，飞檐走壁，本领通天，也有人说他是侠客、是剑仙。却是这剑仙不大规正，专好采花，每夜里出来，但凡城中大家妇女，都被他作弄了，一似遇了狐大仙一般。门不开，窗不启，只瓦檐椽楼里，一些儿隙缝，他便耸身入去。从他便好，不从他一刀两断，满城闹得天昏地黑，日日有命案。说也奇怪，凡是遭了他的，都是些平日待人刻薄之家，一向有名人物。若那善良人家，依然无事，因此有人称他作剑仙。这会子好了，害到江宁府身上来了。那江宁府尹有个小姐，生得雪白水嫩。这大盗入了府衙里去，强奸那小姐不从，只一刀劈作两截。听说制台衙门里还有一封信，说那江宁府尹种种不是，倒似他强奸杀人的不差。这几日闹得不堪，晦气了江宁县每日亲自查夜，一班差役都受比得叫苦连天。"

范老道："却是奇怪，你如何知得许多？"

徐水乙道："我到这里来，闲常替差役们打几副脚镣手铐，大家来往，很是熟悉。你若寻王家少爷，我可帮忙。"

范老道："最好，你在哪一家铁店里？"

徐水乙道："过去不多远，老道士课馆隔壁便是。"

二人正往下说，有人叫徐铁匠。

徐水乙道："我有事去，你在哪一家客店，再来看你。"

范老指与店名地点，相别回去。徐水乙撇了范老，跟着那人行来。

不知徐水乙究遇甚人，且俟十二回分说。

此回为全书骨干，以两诗一卦笼罩前因后果，衬写范老之艰苦，珊珊之悲哽，不必明言而喻。递入徐水乙，虚写采花事，初不知其命意何在，迫读至后文，乃知其曾写珊珊，文如善弈者之下棋，早于十数着数十着之前，预置其局，而观者不自知也。

第十二回

十年老捕重出马
一世英雄阶下囚

话说徐水乙正与范老说话，闻有人叫自己名字，回头看时，正是本县捕役李二。徐水乙料知李二有事，别了范老，跟一路来。

李二道："这老儿是谁?"

徐水乙道："是个同乡，干小生意的。今日遇到了，说几句话。"

李二道："我要你打一口纯钢腰刀、一根铁尺、一副镣铐，都要好铁，不能牵强。打得好时，另外有赏，一应工钱，都与你家店主说过。"

徐水乙道："你老的事，小人怎敢怠慢。前次几副镣铐如何?"

李二道："不十分好。"

徐水乙道："阿弥陀佛，还说不好，再要好时，除非皇宫里寻了去。"

李二道："我也没工夫与你瞎说话，但过五日，便要来取。"

徐水乙道："依你五日，只望到时多赏几个钱。"

李二道："使得。"

李二一面说，一面早自拽开脚步，跑得远远去了。

原来李二为近日采花命案，正忙得不了。又且是江宁府本身的事，一口逼着江宁县。江宁县又只逼着捕役，李二首当其冲，有话难说，日夜里睡不得稳，吃不得饱。却才新置刑具，也为是捕盗勾当，因此期又到，心中闷慌，添了几个助手，多路探访，故此又添增些刑具。

当下李二别了徐水乙，走向城中来。到得衙门，县官正传李二问话，喝李二道："你今日又不将那大盗拿到，眼见又是限期。你们这些人只会吃饭，究竟干的什么事？"

李二禀道："不是小人贪懒，其实这巨盗本领非凡，即如小人辈有一百一千人，也不是他对手。"

县官道："胡说！终不成听他杀害，没人去办他的了？"

李二道："回老爷的话，要捉拿这人，除非前苏州府老捕快居敢当，别人再也不中用。"

县官道："快去叫他来。他在哪里？"

李二道："他现在十二圩开设糟坊，即在那里住家。"

县官道："何不早说，却到这时说出来？"

李二道："他那人十几年不当差使，一向在家干买卖，什么闲事都不管。小人只怕难请他。"

县官道："你但去说，本县请他。"

李二道："除非老爷亲自去，最好府大人一并请去，谅他撇不过面皮，只好答应。"

县官道："谅他是一个捕役，府大人怎肯屈驾？断无此理。"

李二道："怎地时再也捉不到那大盗，小人等只一辈子枉受苦也。"

县官寻思半晌说道："你去等候，本县自有权衡。"

县官入内，与刑名老夫子商量。那刑名老夫子姓赵名彬，是浙江省山阴县人氏，廪生出身，中年学幕，会得大清律例，也有好几分才能。当下县官将李二一番言语说过。

赵彬道："理应请他，但要府尊去，办不到，他现在心中不快，只推在东家身上。东家若去，恐外面招谣，反多不便。这事容易，凭某三寸不烂之舌说去，定要他来。东家但给我一张片子，不劳尊驾。"

县官大喜，问："何时可去？"

赵彬道："说走便走，就这时动身。"

县官立即传李二，叫陪同赵师爷去十二圩请居捕快。赵彬也不带什么，只拿一支旱烟袋，拴束些衣服，交李二背上，一路投十二圩来。二人走至居明记糟坊，李二引路，早见居敢当坐在柜上算账。李二放下包裹，叫声师父，磕了个头起来。

赵彬慌忙去前一揖到地，说道："久闻大名，如雷贯耳。今日相见，三生有幸。"

居敢当回礼不迭，问李二哪里来。李二指说赵彬，是本县师老爷。

居敢当躬身引至里面大厅上坐定，心下早自猜着八九分，故意问道："不知师老爷光降，有何吩咐？小人多年干些小买卖，不欠钱粮，不问外事，师老爷有何吩咐？"

赵彬一迭连声道："不敢不敢。"即去身边掏出一张片子道，"晚生赵彬专诚拜谒。"

李二立在旁边，接取与居敢当。居敢当回了一拜。

赵彬道："晚生久知老英雄乃鲁殿灵光，硕果仅存，近世难得之士，佩服佩服！"说着，立起身拱了拱手，又道，"为是本县迭次发生无头大案，众多衙差无计奈何。唯有请老英雄出马，一举荡平，杀除丑类。敝东家本当前来奉请，因近日身体欠安，特叫晚生恭请。"说着，又去身边掏出一张片子，拱手道，"敝东家多多拜上。"

居敢当躬身回一拜，笑道："小人素日无能，近且身有疾病，承县老爷、师老爷错爱，不是小人不承抬举，实是老朽无用，比不得往前。万乞师老爷海量，原谅小人，好言与县老爷，恕了小人抗命之罪。二位老爷这般爱重，小人万不敢当，改日上衙磕头请安。"

赵彬道："老英雄不肯金诺，总是晚生面薄，晚生回去，请敝东家自来恭迎。如果敝东家请不动，只好请府尊劳驾。现是府尊自身的事，不比寻常命案，怕老英雄总得一走。"

居敢当道："实是小人无用，便圣旨到来，小人也只好坐罪。公鸡生不得蛋，不是小人贪懒。"

赵彬听说，倒自着慌起来，转脸笑道："既是老英雄这般说，晚生只好借宝号住一时，实是晚生无颜回见东家，正如公鸡生不得蛋，没奈何的事。"

居敢当寻思："绍兴师爷不做不休，真的倒会作弄起来，岂非给人笑话。"说道："据师老爷说，定要我去，如果小人去了捉拿不着，岂非丢了二位老爷面子？小人怕的就是这层。"

赵彬听得有了转机，急着答道："但望老英雄走一遭，胡乱捉拿一回。捉拿不着，也是敝东家情愿，绝不干你之事。"

居敢当笑道："师老爷真好才调，小人没奈何遵命走一趟，但不知怎么一回事？"

赵彬叫李二备细说与居敢当听了。

居敢当道："小人去便去，但有几桩事，先要师老爷允许。

第一，不便限期；第二，捉拿不着，小人不任其咎，捉拿了再逃去，小人不再捉拿；第三，小人假使有些计议，只好听小人安排。"

赵彬道："一应如命，敝东家处，由晚生转达担保。"

赵彬说时，去身边探出一张钱票，拱手道："这百两银子给老英雄做些车马费，是敝东家小意思，烦请收下，日后重报。"

居敢当道："小人不为名，不为利，只为师老爷一番言语，万不敢收。"

赵彬道："晚生原知老英雄不为名利，不敢先将出银票来。现既承金诺，若不收这些银两，徒叫晚生心下不安，又不好回县报命。"

居敢当道："师老爷恁地说时，叫小人如何推辞?"居敢当只得收下。

赵彬道："晚生告辞。"

居敢当也不相留，恭送至大门。李二背包裹，仍引路前走。二人下船。

李二问道："师老爷如何不问师父来期?"

赵彬道："你师父是何等人，既收我聘礼，一言答应，不出三日，自然到县，如何再去问他?"

李二拜服。二人赶程自回南京去了。

且说居敢当俟赵彬、李二去后，即命雇一只快船，连夜开向镇江，取路常州，直投马官渡来，拜访陈兴。陈兴接入，不胜惊疑。

居敢当道："我上了江宁县幕友赵彬的当，找了一桩事来，须得你帮我的忙，转来相邀。"

陈兴道："如何你去答应他?"

117

居敢当道："使我不得不答应。"即将一切情形与陈兴说了。

陈兴道："何苦来？他又不与我们作对，倘有失手，你的老名声受累。"

居敢当道："正是这话，争奈我已答允人了，且受了聘礼，好歹须走一趟。但有你在一处，绝不妨害。"

陈兴道："既你答允了人，我如何不去？但照你说来，这人恐擅吐纳之技，练有剑术，匪可轻视。"

居敢当道："何消说得。我打算乘他溜精后，或元阳邪散时，猝不及防擒之，凭他有多大剑术，也便不害。这人但可智取，不可力敌。"

陈兴点头道："既是如此，我们便去。"

二人出门，仍取路常州、镇江，倍道而进。到南京时，正不出三日之期。二人在南京城内客店歇下。

陈兴道："你自去衙门谈一会儿，我懒得走了。"

居敢当点头，直投江宁县衙来。那赵彬早已叫江宁县设宴等候，接入花厅。县官亲自把盏陪饮。

居敢当道："谅小人是何等人，敢这般屈辱长官，小人如何得安？"

县官不待说话，早按住居敢当上首坐了，赵彬右旁相陪。居敢当胡乱吃些酒食，不敢多留，拜谢县官散席，叫李二陪去出事人家踏勘，一面又吩咐李二置备苎麻绳索五丈，须用生桐油浸制，到时候用。李二应命自去。

居敢当回至客店，与陈兴计议，两个在城内外察访一昼夜，不曾相遇。次日未申时分，来至东城马家弄，只见弄前一家屋顶上高插着一条细叶杨柳。

居敢当拽住脚步，望陈兴道："有些蹊跷。"

陈兴道："却是插标儿，今晚必然来此。"

居敢当道："不知是谁家。"

即去左右道询。有人告道："是开设木行的赵子良家。"

二人走向赵家来，请赵子良说话。家人进去通报，半日方见赵子良踱出厅堂。看二人，不相认得，回头破骂家人。

居敢当道："我们是本县办公的人。近日城中有强人采花，尊府屋顶上插着标记，便是做了记号，今夜必然来此。"

赵子良听说，大惊道："真有此事？这便如何得了？"

居敢当道："且问尊府近日有无年轻娘们儿走街上去，在路遇了甚人？"

赵子良道："正是我家媳妇早晨烧香去来，待我进去细问，再告二位。"一面拱手作揖，请二人上座，满面笑容招呼。

自去里面一会儿，出来道："却是如何得了？果然在庙门上轿时，有个后生，手拿着杨柳枝，在轿后跟了一阵，必是强人无疑。只得请二位担待，救护小人。"

居敢当道："尊府可有几位年轻娘子？"

赵子良道："就只一个媳妇儿。"

居敢当回顾陈兴道："怎么？"

陈兴点头。居敢当道："如今只有一计，你切不可声张，吩咐上下，但与平日无事一般，也不可交头接耳说话。你将你那媳妇房中让与我们两个歇宿，把你媳妇藏过，我们两个自会对付他。"

赵子良道："如此便是我家福星，日后重重酬报。"

当下居、陈二人相别赵子良回店，准备麻索暗器。陈兴但提一条竹竿，黄昏时候，二人来马家弄赵家，赵子良悄悄接上楼来，引二人到媳妇房中，慌忙自去。

陈兴关好窗户，剔灭灯，提竹竿跳上床顶，贴身歇下。居敢当早登床内，放下罗帐，斜倚锦被，眼睁睁等候。候至二更时分，只听窗外淅沥一声，一条黑影闪开窗户，钻将入来。接着一道火光已在桌上点起椽烛。灯光下，照见那人白皙面庞，猿臂蜂腰，长眉秀目，浑如书生模样，急到床前来撩帐子。

　　居敢当霍地跳起，紧勒麻索兜去，被那人突翻身，兜个空，早掣出尖刀，对居敢当搠来。上面陈兴吼一声，一竹竿掠下，那人吃一惊，待去接竹竿，居敢当趁势近身，一把抱住。陈兴接过麻索，急去那人脚上使劲绕了数围，先打了个死结头，转到身上，团团捆了结实，缚似馄饨一般。那人一看是桐油麻索，兀自吃了大惊，待要挣扎，越是紧箍着身，不比那铜条铁链，但凡有气力人，一使劲便得碎断下地。

　　当时居敢当、陈兴二人擒住那人下楼，赵家上下早自惊惶落魄，哪敢正面看视，但见居敢当等拥了远去，慌忙关门宿歇。居、陈二人拘那少年，径投县衙门来。县官大喜，当即升堂审问。那少年不慌不忙说出姓名来，直叫一院壮夫齐失色，满城官吏尽寒心。

　　欲知端的，且俟十三回分说。

　　此回传居敢当，处处写其谨慎敏捷，与众人不同。而谨守十数年，一旦迫于赵彬之言，卒为下车之冯妇，见义士心肠，固可以情动也。添一陈兴，更觉文字熠熠生动。所以重少年之才，非一人所能敌，深惜其抱负不羁，而惑于女色，致为阶下之囚，不几为象有齿以焚身，狸以跳梁而死于网罟乎？其视不才，又何如焉？

第十三回

范大官衙释史郎
李二酒楼拜陈兴

话说当时居敢当、陈兴二人获住那采花少年，来江宁县衙门。

县官升堂问道："你这厮姓甚名谁？哪里人氏？胆敢在禁城之中迭犯大案。今日来县跟前，老实供说，免得吃苦。"

那少年冷笑道："好不知羞耻的贼官，却去哪里寻了两个老公事人来赚我？我姓名不改，行事有据，广西都安史卜存便是。城中一十八家，都是咱干的事，有谁不知？快将咱推去枭首，休得多言。到那时自有人杀得你满城官员半个不留。"

众衙役尽皆失色。县官大惊，半晌说道："你自奸杀犯案，本县奉上司督责办你，不是本县与你有仇。"

史卜存道："要杀便杀，亦不与你多言。"

县官慌忙退堂，早见赵彬在大堂后听审。

江宁县一揖道："正待老夫子指教，该怎么办。"

赵彬道："再不好耽搁，快将这人押去府衙，东家亲自一走。"

正说时，居敢当入来告别。

县官道："如何便走？且坐一会儿。"

居敢当道："犯人解到，小人公事既毕，实因有事，改日再当拜谒。"

县官无暇挽留，与赵彬同送居敢当出大堂。居敢当拜别，陈兴自在外等候，两个一溜烟投客店去了。

江宁县至签押房，当即吩咐备轿，命十二个差役押解史卜存，亲自坐轿投府衙来，已是四更天气。府里号房见说江宁县连夜送犯人来，只得敲门打户，入内通报。

那郭知府正与僚属看牌完毕，在姨太太房中抽烟，闻知江宁县押解正犯到衙，当即传点值堂公役，叫令内堂候审。

一时郭知府升堂，江宁县带入史卜存，禀过情由，告道："犯人迭犯一十八案，徒党众多，卑职不敢怠慢，因此连夜押解大人这边严讯。"

郭知府不见史卜存也罢，一见大怒，喝骂痛责，火星冒顶。史卜存一言不发，只是冷笑。郭知府叫取一具铁叶护身巨枷钉上，押去严行锁管，待天明发落。

江宁县见自身事了，不敢延缓，拜辞郭知府回衙去了。

且说史卜存被众公差拥将来，全身捆得铁桶相似，头上肩着巨枷，再也动弹不得，一任公差们横拖倒拽，押至下处。史卜存睁眼看时，好似一所宿营小屋，却不是监牢，心下思疑。

听一人道："好汉将就且住半夜，一刻天亮了，明日送你上大屋子去。"

那人又吩咐众人："仔细看守，切莫离了位。"说罢自去。

另一个差役也说了几句话，跨出门外走了。史卜存看屋内一共留三个人，都铁青面孔，目不转睛地监视着，只要史卜存动一动，便拢来察看。

史卜存闭目运气，使出浑身本领，猛下一劲，主心要想劈断捆缚，争奈那麻索扣得紧，手足又是反绑，吃不着力。但听得麻索轧轧作响，只是不断，一连几次，挣扎不开。史卜存想："不图今日吃那两贼公人赚咱来这里，合是咱命数已到，也不管他，只如何消受这狗贼监差的恶气？"兀自睁眼寻思，早是东方已白，一线晓色射入窗来。三个监差眯着眼，有些坐不住，偏倚着腰骨打哈欠。

　　史卜存看看窗外，将快日出，劈面窗槅子下透出一团黑影，好似有人在外偷觑，忽去忽来。史卜存自肚里寻思："必是贼伙又来撩拨我，我今日便死也不让你们奚落。"正疑思时，只见一个小厮提着吊桶、扫帚推门入来。

　　三个监差抬头看道："今日不是什么空闲日子，谁叫你来这里打扫？"

　　那小厮也不言语，放下吊桶，自提粪帚向史卜存处扫来。三个监差无精打采地说道："人家叫你呆子，真呆得七窍不通。"

　　那小厮对史卜存白白眼，忽地掏出剪刀，去史卜存背后反手捆绑处死劲一剪刀，剪散结头，即丢下剪子，猛提起吊桶，劈头劈脑一桶水泼向三个解差头上，落得一身水浪，飞也似跑向门外去了。

　　史卜存方知这小厮特来搭救，手上绳结一脱，赛如鸡鹰放了爪环，趁三个监差水淋淋挖眼时，拾起剪子，趁手往脚下油麻索打结处一齐剪散，松松身，使个左右开弓势，早把头上铁叶枷扳作两半。说时迟，那时快，左右手各擎着半个枷，扑去三个监差前，使了个双刀杀虎势，左手一杀，右手双杀，目不转睛，手不移腕，早将三个打得脑浆流、血液飘，似快刀削泥，风过去扑扑倒地。史卜存丢下破枷，尽除了腰背上油麻索，跳出门外一看，已有多人赶将来。史卜存一耸身，纵上屋檐，疾步轻声，走瓦如飞，翻过几重屋顶，早跳出府衙墙外。

这城中街巷，史卜存走得最熟，不由计量，一路投奔，出南门来。不时间回顾，看后面有无人追赶。走不过半里多路，回头看时，远远望见一人落小路走，却似那小厮模样。史卜存打从斜刺里行去，兜前一认，正是那小厮，叫声："小哥且住。"那小厮瞪着眼，半晌说道："还不逃去，却在这里干什么？"

史卜存道："承你解救，不明来由，心下未安。且问你现投哪里去？"

那小厮道："说他什么？你走你的，我走我的，各人性命要紧，哪有工夫说闲话？"说罢，自顾走路。

史卜存道："我和你一路走，好说话。"

那小厮道："你犯了十恶大罪，我不合与你同走，你只管自去。"

史卜存听了笑道："你擅自放了我，不就是和我一伙，待逃哪里去？"

那小厮哼的一声，回头道："我释放你，有我的道理，便是官司捉住我，也奈何我不得。"

史卜存道："什么道理，便这般奢遮？"

那小厮道："你这般啰唣，可是你定要我说出来吗？"

史卜存道："正待你说与我听。"

那小厮道："你可认得我？"

史卜存道："不识你是谁，你大约认得我。"

那小厮道："谁认识你？"

史卜存道："如此你便救错了我。"

那小厮摇头道："不错不错，我说你听。你向日不是在无锡居住，你在无锡城外小街上掏出钱来，曾赔我一头牛。我名范木大，那时正被我父亲打得半死半活，亏得你救了我的小命，我也不认得你。幸喜我那黄九叔到我这里来，识得就是你，我哪里会错救。我这般主意，释放了你，便是官司问我，也说得出。"

史卜存道："原来如此，且问是哪个黄九叔？现在哪里？"

范木大道："他也早已逃出来，在前面林子里等我。他是我家贴邻阿叔。"

史卜存道："你怎么会到这里来？谁荐你去衙门里做事？"

范木大道："这话长得很，你走前面，我来说与你听。"

史卜存依话，抢上前来。

范木大道："那时你赔了我一头牛，我后来又去后山饲料，不防遇了两个坏蛋，姓周、姓孙的，一个请我吃酒说话，一个去牵我的牛。我道他们是好意，谁知一忽儿，我这头牛死了，两个早自跑了去。我又强他们不过，若被我父亲得知，再也活不成，因此连夜逃出无锡来，只顾往前走。走了几日几夜，沿路讨些饭吃，来至一个去处，叫什么方家墩桥，一时肚饿，天又下雨，没处宿歇，投了一家客店入去。那客店先要我付钱，我哪里掏得出半文，求他们搭住一夜，他们不肯。还亏那店小二给我一顿饭吃，叫我在檐下胡乱宿一夜，我也睡不得，只帮着小二生火送水，招呼客官。小二问我哪里人，投哪里去，我都说与他听。他道：'既是如此，看你也将就做得。你在店里住一时，替我帮闲打杂。'我想倒是好事，便自安心住下。约过了一个多月，看他那客店有些蹊跷，凡过往客人，都带些行李，一住便成病，也有当夜死了的。我问小二是什么道理，小二叫我别作声，我不敢响。

"有一天，来了一个大爷，着实有些行李，有两三个跟班，

125

那人年纪也轻，衣服穿着极阔绰。我和小二伺候他们下店，听店主人悄悄地和两个厮们说，用什么毒药麻翻了他，我方才知道，他那是黑店，简直是谋财害命。当时小二叫我端酒食进去，我便与那人说道：'你们快走，店主人要毒死你们，这酒饭吃不得。'"

史卜存听到这里，喝一声彩道好。范木大应道："好什么？我这话不说犹可，一说时，他那大爷当叫几个跟班拿出明晃晃马刀来，直奔到店主人房内，把上下人等一概杀尽，连我那小二也杀在其内。那大爷连夜上道，带了我走。你道这人是谁？"

史卜存道："是谁呢？"

范木大道："便是江宁府郭知府的儿子郭大少爷。当时他带了我走，说我好良心，将去重用。及到了江宁府衙门，人人都说我呆，郭大少爷也说我不中用，叫我在外面营房上打扫屋子，每日吃他三顿饭。郭大少爷有时也给些钱喝酒，只那衙门中差役不时间撩拨我，有事但推我身上，反说我呆子。我不合与他们勾当一处，待要回家，只恐我父亲不许。正想念父亲，却巧那一日，我在街上遇了个无锡人，也是我家邻居，做背包行贩的，托他带口信给我父亲。谁知我父亲已不在家，贴邻黄九叔因当日我父亲寻得我苦，特地到这里来看我，方知我父亲新收一个寄女儿，叫什么陈珊珊，陪着一路寻观前街王家少爷去了。我家关锁门户，只托黄九叔看管。前日黄九叔来，我留他在衙门里住一夜。昨夜江宁县押送你到府里，叫在营房上看管，我早已见你，只不认得你。我回与黄九叔说，黄九叔道：'却是怎么一个海洋大盗？倒要见识见识。'

"今日清早，黄九叔要行，特叫我陪来营房外，打窗棂子缝瞧你。黄九叔一把拖住我至僻静处说道：'这人便是那日给你家金子，叫你买牛的人，是个义士，如何不救他？'我道：'谅我一人，怎么搭救？'黄九叔道：'救他容易，只你自己要逃得快，这里再安身不得。'我道：'但要救得他，死死活活干一遭，谁管得安身不安身？'黄九叔道：'你既这般说，我教你法子。这人浑身是本领，现被那绳索捆绑得紧，施展不开。你但去剪断他手脚打结处，再提一桶水泼翻三个监差，使他们抵挡不迭，你赶速逃出来。我在南门外林子里等你。'黄九叔说得这般容易，我如何不干？却因我一时心慌，不曾剪得你脚下打结处，正自寻思，谁知你早在这里。"

史卜存道："不想史卜存今日遇了你解救，真个梦里也不知。且不知你父亲走哪里去寻王无怀？这也是我的未了之事。"

大木道："我自己也不明白，亏煞黄九叔来会我，提了我的头路。"

二人一壁说，一壁走，已来到林子里。范木大四下里望了一周，寻不见黄九，心下着急。

将出林子，听有人在树上叫道："我在这里。"

二人看时，只见大树枝上，绿荫深处，黄九躲在里面，安稳坐着，见二人招呼，兀自爬下树来。喜得史卜存抢前抱接，一揞到地。

黄九道："义士错爱，小人正自焦急，只怕范家侄儿不济事。于今两个都平安出来，也罢。"

三人一路同行，黄九重将范老行踪说了一遍，于路买些酒饭吃了。

黄九道："我要回家，正值田事纷忙，延缓不得。你们两位如何？"

范木大道："我要寻我的父亲去，既是黄九叔说他在溧阳，我去那里寻他。"

史卜存道:"我陪与你一路去。"

范木大道:"最好,但你再不可做强人,有这般本领,什么不好干?"

黄九啐道:"你这小子,说得后来,总是颠三倒四地夹着几句呆话。史义士是什么人,你哪里知道?"

史卜存笑道:"这是范小哥好意,我十分领情。世间有几人肯说这等话?"

黄九道:"义士看觑他,早晚提教,不可见外。这小子有些言语高低,义士但看范老与小人面上。"

黄九说罢,拜别史卜存,循官路投向无锡,自回家去了。史卜存与范木大二人因碍官司捕缉,但走小路,向溧阳进发,即去探寻范老,暂按不提。

且说江宁府衙营房上三个监差被史卜存劈倒在地,两个当场流血身死,一个左肩劈落,脑袋左歪,只微微留着一口气。

当时众公役闻变赶来,早见史卜存纵上屋顶,一溜烟飞向外去,个个失色,伸着舌头,呆了半晌,谁敢声张。来至营房上看时,只一个监差上气不接下气,指着外面做手势。众人再三问讯,方知是范木大放了脱笼,只得将出事实情禀知郭知府。郭知府向来起不早,半日叫得醒来,听知是囚徒脱逃,吓得浑身发颤,叫速将监差捆上来问话。公役回禀:"监差已被杀死,衙内小厮范木大与来客一人都逃避不见。"

郭知府查问范木大,知是郭大少爷在黑店里带来的人。郭知府叫苦不迭,一迭连声道:"该死该死!我全家性命完了!这飞贼脱了樊笼,早晚必来报仇,如何得了?"

叫将众差役尽数守卫衙内防护内眷,一面速派人紧查城门,一面行文各州县限日拿缉逃犯,早有人在街上传讲。居敢当、陈兴二人在客店里闻知史卜存脱逃。

居敢当道："赶速回去，免得再生枝节。"

陈兴道："你不是与江宁县先有成约，犯人逃逸，再不捉拿？"

居敢当道："话虽如此，倘有江宁府也来牵缠，怎生得了？"

陈兴道："不错，你便回家也不妥，不如去我家暂避几天。"

居敢当道："也说得是。"

当下二人付还店资，一径走出城来。劈面遇见李大、李二兄弟，接着道："难得师父与这位客官来这里，现在公事已了，小人敬备一杯淡酒相请。"

居敢当道："我店务未了，速须赶回，过日再来打扰。"

李家兄弟苦苦相劝。

陈兴道："既是他们诚意相请，你便走一遭也罢。"

居敢当道："你也来劝我，我难道不去？"

李家兄弟大喜，陪同居、陈即在城外拣一家有名京馆。四人入来，叫备一席顶上酒菜伺候。

居敢当定要陈兴坐上首，对李大、李二道："二位不知，今番获住好汉，全是这位兄弟之力。这位兄弟叫作孝子陈三郎，有名海浪竿的便是。"

李大、李二听了一呆，即去陈兴跟前，整整磕了两个头，起来说道："闻得十年大名，不如一日见面，不是师父说知，小人眼瞎，哪里认得英雄。"

陈兴让过，连连回礼，笑道："二位兄长好说，都是居老给我面子，谅陈兴有何能耐。"

四人谦让一回，坐定，酒保端上酒菜。

李二道："师父与三老辛苦一夜，好容易获住史采花，今日天明，吃他逃走了。"

居敢当道："也听街上传说，难道是油麻索不济事？"

李二道："不是，是府衙里一个小厮剪断麻索，放了他走的。那小厮是府尊的大少爷叫进来的，据说向在方家墩桥黑店里当伙计，大约是史采花的同党。"

陈兴道："也罢，既是府少爷跟前的人放了他走，与别县不相干。"

李二道："也难说，上司不讲理起来，又是一个限日捉拿公事，也只好照办。不过现是江宁县解去的犯人，他自己看管不住，详到抚院，也说不出话。我们的事已办了，且不管他。我已打算，如果县老爷、赵师爷再问我，我只说师父因人请上北京去了。"

居敢当道："最好，我们决计再不问这无谓的事，你但推得干净完了。"

李大道："做公的人只要公事办得过去，落得宽缓些。这人本领不凡，就使害了他也可惜，害不着他，便害了自己，又何苦呢。"

李二道："说起害不害的话，正月间还有一件妙事。我们兄弟也为的一桩海捕案，就是大闹溧阳城的葛周通和他同伴姓王的，在浦口小酒店里遇到了，被我们诱了家来，紧紧打了一场，哪里是他的对手，幸亏我的把兄薛成拆劝了事。后来说起，却是师父有信送他到徐州去的。"

居敢当道："原来他们两个还在你家失事，这是三郎的朋友，我看他也是一筹好汉，因此荐去徐州投身。"

李家兄弟道："原是三老的朋友，怪得这般英雄。"

居敢当道："三老与他相识，也不过一年。"

李二道："还有那个姓王的，据薛大哥说，是无锡大家之子，因他父亲听姨太太言语，驱逐出家。原名叫作无怀，是个举人出身。"

陈兴道："这倒不知。"

居敢当道："我早知这人有些心病，说来不差。"

陈兴道："你说薛成，可就是黑盘蛇薛成？"

李二道："正是他，也在无锡犯了案。"

于是李大、李二又将薛成事原原本本说了一大篇。

居敢当道："如今这人在哪里？"

李二道："说投北边去，想是在哪里安身了，也是个了得的汉子。"

四人纵横笑谈，正说得起劲，忽听街心人声大哗，一片呐喊，闹近酒楼来。李二跃起，走向阁楼栏杆眺望。李大、居敢当、陈兴也都离座出阁儿，往下观觑。只见一个五六十岁的老儿，手提长板凳，正与一个壮汉酣斗，四五十人围着，都打老儿一人。初看老儿横冲直撞，打倒七八个，禁不得从人一扑一拖，手眼不到，被壮汉打进，众人一齐拥上，拳脚交加。那老儿招架不开，忽被众人擒住。李二大怒，一跳下楼，直去街心救护老儿。

不知李二救护如何，究竟众人闹得何事，且俟十四回分说。

《伊索寓言》载狮鼠事，谓鼠触狮怒，将置死，鼠求缓颊，曰必相报，狮笑而释之，以为必不能报也。他日，狮困于猎网，网皆巨索，力争不脱，鼠闻其吼，啮其索，而狮遂得逸。今此篇以憨范大救侠史郎，亦犹之鼠之于狮，人虽小惠，用得其时，则重于泰山。范大仅

131

一剪刀，而风虎云龙，变起顷刻，纵并州快剪，袭取淞水，毋喻其雄伟也。

中写范大憨直，一若其父性之遗传，非居敢当、陈兴、薛成、葛周通辈得而子之，必有范老之父，而后有范大之子，传范大，所以传范老也。

第十四回

倩女飘零走白下
群英结伴上扬州

话说李二见老儿被困，跳下酒楼，直来街心，排开众人，喝声住。数内有认得李二的，兀自扬开。却见一人揪住老儿，死命不放。李二看得真切，这人正是铁匠徐水乙，喝叫不应，直去一拳，打徐水乙臂膊上正着。

徐水乙回头，也放了手。那壮汉看了大怒，叫声泼贼，扑前来战李二。李二哪里肯放松，两个一来一往，斗到七八回合，众人又拢来，揪打李二。李二照顾不迭，见大汉一脚踢来，正对小肚，李二要去遮拦，被众人隔住，待要闪退，后步紧挤，又跳不出圈子。正急得一身冷汗，只见那大汉叫声哎呀，兀自仰天扑倒。看他大腿穴上已钉入一支竹筷，约有三寸来深。众人大惊。李二昂首一看，居敢当、李大在酒楼栏杆上拍掌大笑。

原来陈兴见李二危在顷刻，因方才离座时正夹着一块肉咀嚼，不曾将双箸放下，顺手即去一支筷子，看准那汉往上勾踢时，不端不正，去大腿穴上只一箭，钉入穴中三寸。当时那汉僵卧地上，众人慌忙扛去汉子，鼠窜逃散。李二扶住老儿，问有无伤处，老儿摇头示意，再三拜谢。

李二道："且请楼上喝杯酒压惊。"

老儿不肯。

李二道："不是为你请酒，却要道问你为的何事，不妨登楼小坐，都是同道的人。"

李二挽住老儿，不容不许，陪上酒楼来，与居敢当、陈兴诸人相见。

原来这老儿不是别人，正是范老。自从那日在老道士课馆出来，遇了徐水乙，说与客店地址，徐水乙果然来看范老。一见范老同来的更有陈珊珊一人，徐水乙虽不认得，说起来却全知道。同是无锡城中，徐水乙向日好赌赶场，早是听人头讲，珊珊如何落院，如何入米家，如何住庵，也听得耳风，与王无怀有些兜搭。到这时便悄悄地问范老道："你们两个究来南京何事？"

范老道："为寻王家少爷。"

徐水乙笑着点头，心下思疑："莫是来南京做生意，吃她老饭？她娘既死，住庵不得，这范老爹也穷得与我无二，必是骗她来生化银钱。"但见珊珊叫范老称作父亲，两个争似父女一般。徐水乙想道："益发我的话着了，看不出这老儿倒有这般手段。"

自此，徐水乙不时来范老店里闲坐说话，常送些水果食品、零星什物，口口声声说与帮寻无怀，一味来范老前搪塞。范老一来为是同乡，二来看徐水乙行径也不比前日放荡，既是一番诚意来讨好，怎生严拒他？徐水乙早自怀了鬼胎，但范老不说，也不敢问。徐水乙一连至客店十几次，有时见范老进城，有时见他两个坐着叹气，又自肚里寻思："若要做生意，也得开门户，却这般呆挨，是何道理？"

有一日，在街上遇了别家铁匠店伙计，与徐水乙一同在帮的人。

那伙计道："这两日不见你，又是哪个窟窿里掘仙草，把我们好兄弟都丢了，却是哪里去来？"

徐水乙道："也不去哪里，只因有个同乡，在客店里耽搁，大家要好，路在脚边，走得熟了，店里生意又忙些，因此不曾上你那里去。"

那伙计道："你不知道，咱们济南府谷大爷来了。"

徐水乙道："莫就是你常说的谷大红子吗？到来几天了？住在哪里？"

那伙计道："来了好几天了，今日见不到他，明儿我陪与你一路去。我且问你，你常在窟窿里打阵，有什么好出息的雌儿找一个，咱们来发些利市。"

徐水乙道："别又捣鬼，你自家老婆也养不成，空说他则甚？"

那伙计道："你办不了便罢，咱寻旁的头路去。"

徐水乙道："谁与你说办不了？便天字第一号的行货也有，只恐你这话靠不住。"

那伙计道："老实对你说，却是咱们谷大爷要娶一房姨太太，这会儿来南京，一因游历江南风景，二则就为拣选一个娘们。必要南边水色，不管多少钱，但得花样好，大爷亲口说过，做媒的余外给钱。你看我这话靠住靠不住？"

徐水乙道："果真？却是谷大爷的福气。现成有个清水娇娘在这里，但得我一说便成。只缘她有个老爹，须多花几个钱。"

那伙计道："有一句说一句，大爷的事，骗他不得。"

徐水乙道："你不信，我领你去看一看如何？"

那伙计道："这便最好。"

当下徐水乙与那伙计来范老客店里，范老为是徐水乙同行朋友，照常招呼。珊珊因范老招呼，看他两个都是铁店伙计，一般工人模样，又是身在客店，也不避忌。二人与范老说些闲话，不时偷眼望珊珊，从头至脚饱看了一回，相别范老出店。

徐水乙道："如何？"

那伙计道："好个雌儿，再俏丽也没有，包管谷大爷见了魂不着体，只怕范老儿不肯。"

徐水乙道："大爷有的是钱，天下没有钱不成的勾当。"

那伙计道："既是你同乡，你自做主，我明儿带你去见谷大爷。"

当下二人相别，各自回店。次早，那伙计果来邀徐水乙，二人慌忙投至谷大红子寓处。那伙计引徐水乙见了面，先无非谈些帮上的玩意儿。

向后那伙计发话道："前日听大爷说，要娶一房姨太太，如今这徐兄有个同乡，在客店里住，生得花朵似的一个女儿，正待门当户对的人家许互。不论做妾做婢，只要有钱，一世吃用不尽，倒不在身价多少。因此咱们两个特来禀报大爷。"

谷大红子道："但得样儿苗条，倒不在钱。"

那伙计道："样儿好得非凡，大爷不信，亲自去瞧瞧。"

谷大红子道："叫她到咱这里来不行吗？"

徐水乙拱手道："她也是有身价的人，怎好意思到大爷这里来。倘有大爷不要，叫她如何回得去。"

谷大红子道："既这般说，我去看她也可。她在哪家客店？"

徐水乙道："她便在城外客店，距此不远。晚辈先去那客店定下一个客房，叫备一桌酒席，明儿正午，请大爷到那里喝酒。晚辈也去请范老儿一处吃，只说大爷新到，晚辈接风，他那女儿不防是大爷去看新娘，便不避去。若是说出来，只怕女孩儿家害羞，一径关门不出，反是我们扑了空。"

谷大红子道："这些事咱也外行，凭你们两位做主，咱明日准到。"

二人大喜，即与谷大红子相别。各人自去张罗些银钱，凑作客菜，先去请范老，说了一大篇话，定要范老在席。范老撇不过面皮，不知是计，也便应允。午刻时分，谷大红子带两个当差，坐一乘轿子，来到客店。二人接进，说与范老相见，自然请谷大红子首席。谷大红子坐处，正对珊珊房间，店小二端茶舀水，不免进出开闭房门。谷大红子探头察看，早细审端详，心旌摇荡不定，只顾替范老斟酒。

席散之后，范老谢别回客房，二人问道："大爷看清了不曾？却是如何？"

谷大红子道："再不要问我如何，快与我说去。"

二人大喜，趋入范老客房，发语道："我这位谷大爷，好多的家私，是山东济南府有名绅士。因他那大太太素不生养，正待纳宠，方才看小姐生得好模样，我们大爷欢喜……"

一言未了，范老暴雷价一声吆喝，死劲一巴掌打倒徐水乙，即去那伙计对腰又一拳，喝道："我当你们是人，不道是狗不吃的东西！打落你们脑袋，也不值我的拳头！"

一个一脚，猛力踢出门外。二人被打得五脏翻天，大声哭叫起来。

谷大红子见二人被打，也喝道："不成抬举的东西，却来动蛮打人，不要恼了大爷的性子！"

范老大怒道："你这狗贼少说话，老爹先打死你！"

谷大红子也大怒，喝一声老贼，跳出房门，去揪范老。范老提起板凳来斗谷大红子。谷大红子敌不过，一路退出店外。范老

137

趁势追上，打出店来。徐水乙和那伙计见不是头路，溜到街心，叫应同帮泼皮，一声传呼，登时拥集四五十人，四面围打范老。

正在危急，李二跳下酒楼来救护。谷大红子被陈兴一竹筷钉入腿穴，立不住身，由众泼皮扛至别处将息去了。徐水乙早自逃了不见，众泼皮纷纷窜散。当时李二搀扶范老上楼，与众人相见，备细说了情由。

居敢当道："你老休气苦，且喝一杯酒。谷大红子被我这位兄弟着了一竹箭，伤入骨髓，万一不死，那右腿终成了废疾，不得行走。"

范老道："幸得今日拜识众位，也不枉小老儿胡闹一场。"说时拱手谢陈兴。

李二道："徐水乙那厮，停一会儿我叫人送他到县里，押去迁善所，叫他坐两三个月。"

范老道："那厮被我打得厉害，也罢，多一事不如少一事，多感李兄费心。"

居敢当道："也说得是，过去事不再说它。"

范老道："我恐女儿在客店独自担忧，须报知她，再来与众位赔话。"

范老起立待行，居敢当道："且坐，李家兄弟走一遭，切嘱店主人好好伺候，如有半星儿差池，问他说话。"

李二道："我即去与店主说知，只管放心。"

李二下楼至客店，叫店主人通知范家小姐，切实嘱咐了回。店主知李二是县差，哪敢怠慢，自是十分巴结。李二方才回酒楼来，告知范老，范老道谢不迭。居敢当一头劝范老斟酒，一面道讯范老，如何来至此地。

范老道："一言难尽，众位都是侠义心肠的人，小老儿今日带三分酒，愿与众位谈谈。"说着下泪。

众人也无言可慰，但为范老感动。范老便言如何丧牛失子，如何入观音庙与珊珊寄拜父女，如何珊珊与无怀订约，如何去溧阳找寻无怀，先说了一遍。

李二拍手笑道："我们都是一路，你老莫急，王无怀与葛周通由我们居老师父早荐去徐州安身了。"

范老道："也去寻过了，那步哨管带徐焕照早不在那里，为的是无路可投，方到这里来。"

居敢当道："哎呀，徐焕照调了任了，这般不凑巧！你怎么知道他两个在徐州呢？"

范老便言如何被凤阳婆子骗到凤阳府，如何在府前遇了薛成，如何投徐州营里问徐管带，又细细说了一遍。

居敢当叹口气道："这样说来，又不知他两人飘到哪里去了，这茫茫大地，何处找他？"

陈兴道："万事皆如此，无意中偏生遇得到，有意去寻，再也寻不得了。"

李大道："倒是薛成，如今在贝勒府做讲武堂主，曾与你老也说起我家的事吗？"

范老道："怎么不说起？他与王家少爷原是在你家遇到的，什么闹溧阳城，去徐州投靠，全是他讲的话。我方才通问众位姓名，早已知道了。"

李二问道："薛成怎么进贝勒府？是谁叫他进去？"

范老道："他约略也与我说，因那时我心中急要来徐州，不曾细问。"

因将薛成护卫薛知县进京，与贝勒府打头陀的事也略说一回，说得众人都笑起来。

一时席毕，居敢当对范老道："你们父女两口儿在此不是道理，客店中能得住几多时？你又常时出街，单身女子怎不害怕？况且又有今日的事，不如且去我家安歇，再作计较。"

范老不及答言，李二说道："那不如去我家便当，省得辽远走一遭。"

居敢当道："不然，你家又没个妇女，你们兄弟都有事在外，种种不便。我家儿子、媳妇现在扬州店里住，家下一应使用均是现成，我也暂不去十二圩，只回扬州。"

范老一揖道："小人之幸，但承众位这般看待，小人报也报不尽。"

居敢当道："范老，我们都有年纪的人，均是同道，说这话何来？且去到你那店里，叫备车辆，立即起程如何？"

范老道："最好。"

于是李家兄弟付还酒资，一共五人下得酒楼，再来范老店里。范老入与珊珊备细一说，叫拜见众人，慌忙自去店柜上付钱。

店主人拱手道："李二爷吩咐，一切费用都归他算给了，小人不敢收。"

范老道："岂有此理，如何倒累他破钞？"定把钱与店主。

店主但躬身作揖，回说不敢收。李二、居敢当笑着拢来。

范老道："李兄怎么客气？徒使小老儿心中不安。"

李二道："成什么意思？"

居敢当道："大家兄弟们都是一样的，李兄弟既付了也罢。"

说话时，店小二报车辆雇来，范老扶珊珊上车。居、陈二人自坐一辆前行。李大兄弟送出街巷，至官道上相别方回。四人上道，车尘相逐，赶上两站，至蔡元村卸车，已是向晚天色。居敢当跳下车来，发付骡车自回，即去船埠寻船家。走了好多处，不见一只船。

船埠上人道："今日便半只船也寻不得了，运河里大小船只都已去尽，还不够使用呢！"

居敢当想道："这便如何是好？又不知哪个官家南下游览，捉了差去，徒害了往来商贾行不得。"当时只得跑回告知陈兴、范老。

陈兴道："没奈何，只好在这蔡元村宿一宵，明儿待行。"

四人走入村庄，寻得一处小客店投宿，胡乱买些酒饭吃了。

居敢当吩咐店小二道："明日清早，叫雇一只大船，走长路与我去扬州。"

店小二道："客官，这时间哪里来的大船，便小船也难寻。"

居敢当道："多给他酒饭钱，不要他赶程，总得雇一只来。"

小二摇头道："只怕不行。"

居敢当道："这是有名船埠，难道一只船也无？你别欺生人！"

小二道："小人怎敢，实是雇不得。"

陈兴道："是什么道理？"

店小二不慌不忙说出根由来，直叫：

飞无双翼随茅店，眼底关山度正难。

欲知端的，且俟十五回分说。

此回小作结束，以徐水乙、谷大红子两闲人牵锁诸
人于一处，试思范老与居、陈，风马牛不相及，将何所

141

使之一会乎？

　　上回写徐水乙为李二打白铁刀，已初发其端，而实皆史郎采花之力，故余谓写史郎，亦即写珊珊也。写珊珊之飘零，一辱于梁银保，再辱于谷大红子，辱梁已不堪，而况辱于谷。即其转危为安，去白下，上扬州，与诸人俱。诸人者，一海盗、一老捕、一佃户，而中杂珊珊，亦不可谓非飘零之甚也。书之曰倩女，诚悲其遇矣。

第十五回

绣龙山登胜遇奇僧
白茅港迎敌获亡子

话说店小二听陈兴问什么道理，笑道："客官原是不知，这蔡元村西南七里有座绣龙山，那山上原有一座观音阁，那观音阁里有一个老和尚，年逾百龄，静坐养道，识得过去未来之事。五年前，上堡有个盐商吕财主，家私百万，远近七百里开阔，许一许二的大富家，因自家上了年纪，膝下无儿，去那观音阁烧香求子，得老和尚指点，叫娶姓黄肖鸡的女子，自会生养。当时吕财主许下愿心，若凡生得子，愿盖造大殿，供养三世佛，起八百尊罗汉，另造一座净铜观音阁，曾在观音大士香案前誓愿。后来吕财主果然讨着一房姓黄肖鸡的新妇，娶过门来，不到两年，果然生一个儿子，现在他那儿子已是两周岁。吕财主巴望早日还了愿心，去年已动工建造新寺，名作福缘寺。只因那绣龙山高有十丈，土石搬运不易。今日方造大殿铜阁，特去太湖申江那里运送花纲大石、上等木料，因此把就近大小船只尽皆雇去使用，各项船只都加倍给钱。船户贪图利息，有谁不去？这蔡元村虽是有名船埠，如今只剩得三五只小船，又多已出门载客去了。客官如要大船，除非等过半个月才有空船。"

居敢当道："终不成我们老住在这里？难道半个月内便没客商来往？"

小二道："客官如果定要大船，只好到绣龙山新寺下去雇，但多出价钱，也许抽得一只出来。"

陈兴道："你就去雇两只小船也罢，省得多少周折。"

小二笑道："为是没有船，一只也雇不成，哪里更来两只？"

居敢当道："你说绣龙山在村西南七里，还是水路是旱路？"

小二道："一直官塘大路，水路也通，明儿小人陪客官去，那山顶上好风景，一面是大江，一面是运河，都看得见。"

陈兴向窗外看了看道："趁今夜有月色，即去走一遭如何？"

居敢当道："我也是这样想。"

小二道："若是黑夜去，走上官道，便见得那福缘寺的灯火。"

当下居、陈二人立起身来，去隔房告知范老，又吩咐小二伺候店门。二人走出村庄，投西南行来，果是通衢大道，一路上有人往来。走了二三里路，早见远远星火，似明似灭，散缀山上，因月影反射，有些模糊，道询路人，果是绣龙山福缘寺。又走两里路光景，见溪岸停有好几处船只，二人走岸旁问船户，都是满装货物，并无空船。一路行去，一路岸旁都泊有大小船只，不觉已来到绣龙山下。二人抬头一望，但见灯火满山，削壁高耸，听上下运石削木之声，正似那里做夜工，果然好一个灵岩福地。二人喝一声彩，看了半晌，回头探问船户。轻易寻得一只大船，叫去扬州，也加倍给钱，一切如船户之意，方才应允。

居敢当拿五两银子与船户道："你且备些酒饭，我们要上山逛逛，回头下来，你送我们去蔡元村。把酒饭在船上吃，一发算钱与你。"

船户大喜，自去理会。居、陈二人取路走上山来，弯弯曲曲，绕到山顶，只见山门外满挂灯笼，二十几个水木石匠正在赶工。跨入山门，又见三两处雕花油漆工作，大殿已经上梁建瓦，只不曾铺地坪。二人走至殿后，绕过右廊，见朝西两间平屋满堆着大青钱，高与栋齐，不知其数。二人思疑：“哪里来这许多青铜钱？莫是日后建造铜阁儿？怪得吕财主富称百万。”

　　正思疑时，见两人又扛着一箩钱来。里面走出一个和尚，问道：“还有几多？”

　　两人道：“约莫还有两三担。”

　　那和尚道：“赶速搬完了，木工等着拆房子。”

　　二人方知是哪处房屋拆造，移来这平屋里堆藏的。二人转至后面，寻到观音阁，却是方丈大小一所破阁儿，四面窗户尽闭，但有些灯光映射出来。二人走近窗下，打从隙缝一看，只见蒲团上坐着一个高年老僧，眉长过颧，须长过腹，双目下视，双手加膝，浑似寿星一尊，兀坐不动。二人想道：“原来高僧却在这里。”

　　正想进去，只听后面有人叫道：“二位达官，且请这厢拜茶。”

　　二人回头看时，是个壮年和尚，笑吟吟近来，与二人合十道礼。二人慌忙回礼。那和尚引二人来左厢客堂上坐定，早有香火端茶伺候。

　　二人问道：“师父法名？”

　　和尚道：“小僧普海，是本寺知客。今奉本寺长老无来大禅师之命，接请二位。二位可是从南京下来，到这里寻雇船只？”

　　二人听说大惊，答道：“师父如何得知？”

　　普海道：“日间长老吩咐，夜来有两人到寺，在观音阁外观

145

觑，叫小僧到时招呼，以此知道。"

二人道："果然大师识得过去未来，烦请师父引与一见如何？"

普海道："长老也说，与二位只有隔窗一面之缘，但叫小僧传语，请二位少管外事，自证善果。"

二人拜领，又问道："不知大师高年曾几何？"

普海道："也不知经几多岁月，但听说，再度二十八年，正合三个花甲之年。"

居敢当道："毕竟人间也有仙佛。且问师父，听说上堡吕财主将建造净铜观音阁，方才小人见得那两屋子大青钱，可是造这阁儿也不是？"

普海道："不是。五年前，长老吩咐，他日有财主来造铜阁，本寺应供设观音铜身，不好将破碎铜质亵犯大士，叫本寺一个行脚僧去四方善男信女化给善缘，每一处挨家逐户抄化，不需别的，但需大青钱百文。如果出不起百文人家，只化一文。如此整整四年，结缘一十万八千户，正铸得大士铜身。本寺长老曾奏明当今皇上，准予熔化青钱铸佛。此乃本寺行脚僧功德，不干吕财主之事。吕财主发愿起造的是大殿阁儿、三百间僧房，那观音阁铜质系市上购买，四处搜罗，尚未运到。"

陈兴道："却得何时完工？"

普海道："正现赶造，今年谅得完工。"

二人道："时候不早，小人们告辞，请师父拜上长老。"二人出寺，普海送至山门。二人下山来，寻到那船，下舱坐地。船户早将酒菜端正，二人举杯对酌，说些闲话。艄公荡开船，咿咿呀呀摇起橹，向蔡元村来。摇出港汊，只见河面渐阔，树木无翳，月影满船，天色如秋。二人好生快活，饮宴不尽。

146

居敢当道："亏得今日雇不到船，倒来这里见着高僧，也是缘法。"

陈兴道："果然不白枉一走，可惜范老不来，若他来时，也得问问他寄女儿究是怎么了局。"

居敢当道："我当时也想请知客去问，究竟他那寄女儿与王家子会得会不得，却被知客说，叫我们少管闲事，倒不好再说了。"

陈兴道："正是这话，好似那老僧猜着我们心事一般。"

二人说说笑笑，又谈些当年旧事，不觉已来到蔡元村。

船家问道："哪里起岸？"

居敢当道："客店门前。"

那船摇到客店前，靠大路泊岸。二人走向客店，敲门入来。范老尚自未睡，二人说与范老知道。范老闻得有船，自是欢喜。时已三更，各去安歇无话。

五更起身，居敢当付还店资，范老扶持珊珊，四个下船。船家撑起布帆，趁东南风取路向扬州进发。范老与居敢当、陈兴自去说话，珊珊独坐在里舱，自肚里寻思："这几个月来，到溧阳，到凤阳，到徐州，到南京，今番却又到扬州，不知怎生得了。前日玉帝天仙祠灵签，有道'金陵城外认依稀'，今自来扬州，既不见了金陵城，又何处去认？难道在城外客店时，已见了那人不成？"思念一会儿，"莫不是那日间与店主人说话的后生就是他？"转一想，"又不像。他不似那后生般粗鲁，难道我到了扬州不算数，颠倒更要去金陵城外见着他？若是如此，也罢，只不知哪时。"珊珊思来想去好一会儿，不觉日午，听船上人道："吃饭了。"船家送进饭来，珊珊胡乱吃了些。

外面范老三人正是说话喝酒，船家也换班吃饭，慢慢摇去，约莫也走了两个时辰。船上人叫道："白茅港将到了，大家闭住嘴，不可说话。"

范老道："你捣什么鬼？凭他白茅黑茅，我们说话，干你甚事？"

船家道："这位客官倒会吃气，又不是我们生造的。船上向有禁忌，但到白茅港，不好说话。"

范老道："说话便怎样？"

船家道："若犯了禁忌，船上先有不利，头一是坐船客官讨晦气，不是生病，便是惹祸。"

居敢当道："是什么道理？你讲出道理来，我们不说话也可。"

船家道："这是水路上禁忌，大约这白茅港多水鬼，向日冤魂不散，一听人声，便来附着作祟，也寻些羹饭吃。究是什么道理，我们也不知。"

陈兴道："既是他们有禁忌，我们犯不着给他们讨厌，便不说也罢……"

一言未了，听船上大声叫道："到了到了，不要再说话了！"

陈兴想道："是怎么一个去处，倒要瞧瞧。"

陈兴踏上船头，居敢当也跟上来，范老懒得动，推开船篷打望。众人看时，并不见什么，但觉江面稍阔，两旁都是芦苇，有几株怪树斜立岸旁，歪在江面，树枝上高高低低挂着些麦秆、芋茎之类。隔树便是官道，也有行人往来，不似个冷落去处。看那船户屏息不声，静静摇来，众人都不作声。

约一盏茶时，摇出港口，船家道："好了，出港了。"

范老在舱里骂道："赚了我们不作声，看你什么好处！越是如此，越要惹水鬼。"

居敢当、陈兴在船头上大笑起来。笑声未了，猛听得前面有人喝声住，抬头看时，那人正坐在岸旁大树枝上，距船头只一箭多路。

那人道："你那贼伙，却来到这里，今日由不得你们轻易过去，拼一个你死我活！"

二人一见大惊，各自提防，不一瞬时，早见明晃晃一道白光飞到。陈兴霍地跳上船篷，居敢当慌忙闪过身，不防衣襟下处已被剑芒穿了一穴。那人早已跳下船头，来战二人。

范老大吼一声，跳出舱来，喝道："你们都不要动手，听我说话！"

那人见范老，也松了手。只见岸旁又是一人赶来，死劲一纵，纵到船头，抱住范老大哭。范老一看，也放声大哭。众人都呆了。原来那人便是史卜存，后来的这人便是范木大。

当下范老、范木大哭了一阵，范老去史卜存跟前磕头道："义士恩德，报答不尽。"回头对居、陈道，"他是个好男子，如何二位与他争斗？"

二人对史卜存一揖道："兄弟们昔日冒渎，尚望求恕。"

史卜存道："敢问两位兄长高姓？"

范老道："这位是孝感县人氏，扬州居明记店主，老英雄居敢当。这位是孝子三郎老英雄陈兴。"

史卜存拱手道："常仰英兄大名，果然名不虚传。"

范老道："惭愧，不曾知义士高姓。"

居敢当道："这位英兄姓史名卜存。"

范老道："如何你倒知道？"

居敢当笑道："不知道，如何在船上得会？"

陈兴携住史卜存手，笑道："里面坐说话。"

众人都走入船舱里，范老叫范木大拜见居、陈二人，问如何与史义士一处。史卜存即把南京采花，被居、陈弋获，遇黄九、范木大相救的事从头说了一遍。范老始恍然大悟。又问范木大如何得在江宁府衙当差，范木大也将逃出家门入衙情由禀说范老。

范老大哭道："不是黄九叔指点你，史义士带你来，我父子如何得会！"也将前日失牛事与居、陈二人说了一回。

居敢当道："闻名不如见面，说起来，大家都是同道。当初我去南京，实是上了那江宁县绍兴师爷的当，三郎早自埋怨我，不该允许他。我也深悔莽撞，但不是这一回，如何能识得史大哥。"

史卜存道："兄长好说，谅史卜存是个放荡匹夫，何足挂齿。那日承范小哥解救，出得府衙来，问知黄九叔，说范老陪陈小姐一路往溧阳。范小哥一心要去找寻，小人恐路上有失，一同陪行。到这里没了盘缠，小人闻知白茅港往来船只最多，打量在这里捞些油水上路，不想遇了众位。且问众位现投何处？"

范老道："真个远在千里，近在眼前。我父女二人正不知走了几多路程，方来这里。"

重将溧阳到凤阳，遇了薛成，又到徐州，转至南京寻王无怀不着，反被徐水乙、谷大红子打劫，幸遇居、陈，相邀前来，一应来由说罢。

史卜存叹口气道："却是我的不是。当初我不吓走无怀，早自团圆了他的家室。便是薛成，也因我多说一句话，害了他人亡家破。

众人忙问何故，史卜存一一说与众人知道。众人大惊。

陈兴道："这样说来，我留无怀去家时，正是他千寿寺逃出门来。"

史卜存道："可不是么，如今众人都会得，只不见他。"

居敢当道："你们还有一事不明白，葛周通、王无怀押监去镇江府时，亏得三郎劫救，不然早自死在牢里了。"

范老忙问陈兴，陈兴也说与众人听了。大家感慨不尽。

居敢当道："现在我们都在一处，又有史兄在此，难道我们这几个人便寻不得王无怀一个人？且请史兄同到小弟店里，大家商议。"

史卜存道："小人也愿去，只恐官司得知，连累你老。"

居敢当道："前日说前日的话，大家不相识。今日说今日的话，史兄切不可见意。"

史卜存道："既是恁地说，小人如何不去？"

居敢当即叫船户备酒饭，请史卜存、范木大吃个饱。众人在船上宿歇一夜。次日向晚，来到扬州，众人陆续登岸。居敢当叫一乘便轿，接珊珊先行，自引众人随后走居明记店铺来。

不知居敢当与众人到店如何计议，且俟十六回分说。

首段详叙福缘寺，所以郑重写无来禅师，即亦写百岁钱行脚僧也。铜阁新铸，宝殿始筑，以十万八千家生佛之场，为后日双雏归老之所，早留艳塔作地矣。

后段叙狭路相逢，适为父子团圆，文情奇变，仍承上回群英结伴上扬州之文，略作结束。拓展后文，自成章法。

第十六回

客店肱篋喜逢剑客
镖局投书欣接神镖

话说居敢当与陈兴、史卜存、范老父子一行人随珊珊轿后，走居明记店铺来，早由居敢当儿子居健良延接客人，直入店后客堂坐地。居敢当叫李妈妈出来，吩咐引珊珊入内房，叫与居健良妻子相见。这李妈妈还是居健良小时候的奶妈，在居家三十余年，因自家无丈夫儿女，单靠居家养老，虽年近七十，精神康健，人品也很端正，不是三姑六婆之流。自从居敢当老妻身故，不曾续弦，因李妈妈向昔用熟，差不多零碎家务都叫照管。

从前居家儿子、媳妇与李妈妈都在十二圩老家居住，因扬州生意兴隆，需人当手管理，故叫儿子、媳妇并带李妈妈来此住家。居敢当自己仍是住在老店，镇江店里自有经手掌柜，不烦照顾。此番居敢当特来扬州，一恐官司再来牵缠，避在扬州，容易脱身；二则即为陪送珊珊，因有李妈妈可以招呼。

当时李妈妈引珊珊入上房，与居家媳妇相见，说些寻常话头。李妈妈当叫婆子们打扫一间屋子，即在自家房间贴近，与珊珊安顿床铺妆台，一切应用之物，指定一个婆子与她收拾差拨，正似珊珊在米家时一般管待。外面客堂上，居敢当亲自招待众人，叫店伙计上市买鲜鱼肥肉，开两大坛陈酒，即备晚饭与众人吃。范老、史卜存、陈兴、范木大依次入席，居敢当父子相陪，各人欢喜不迭，痛快一饮。如此一连三日，皆是宴饮。

史卜存、范老放不下无怀，亟待要行。居敢当情知留不住，每人发付白银三十两，与路上盘缠，安顿范木大在自家店里勾当。

史卜存、范老不胜拜谢，即日起程。陈兴也自要回家去，与史、范二人同行，在路相别。

陈兴自回马官渡，史卜存与范老计定路程，均往北行，分道各寻无怀去了。

不说史卜存、范老如何探寻无怀，且说薛成自从那日在凤阳府城与范老相别，取路回京，走上几日，已入直隶省境界。

这一日，天色向晚，赶不上宿头，心内焦急，道讯过往，前面只有皇辕驿一站可以下宿，还有七八十里路程，余外更无人家，但一片旷野荒草。薛成想道："今番冒失，若是单身一人也不干碍，倒是身边带的箱笼。"薛成只得三步并作一步，飞奔赶程，不时间提防。半夜过后，方来到皇辕驿。薛成才得放心，问寻客店，只有一处，已双门紧闭，睡得肃静。

薛成敲了半日，只不开门，但听门内有人答道："客官对不住，今日小店客满，请客官别处找宿。"

薛成道："这里又无别的客店，胡乱与咱宿半夜，一早起身。"

门内人道："实不敢相留，只是客满了，没处宿。"

薛成苦苦相告，门内那人终不开门。说得后来，声响也没了。薛成大怒，不由得提起右脚，猛一踢，暴雷也似一声，两扇店门踢落倒地。店里人大惊，出来拦阻。

薛成喝道："这你贼店，这般不讲理，人家百多里路赶来，你偏不开门！"

店主道："你是什么人，半夜三更打劫人家？"

薛成不回话，直去一拳，正着店主肩胛，打倒地上，却好一头撞着阶沿石，鼻孔流血。薛成趁势踏上又去一脚。

只见一人劝住道："汉子息怒，慢慢好说话。"

看那人时，八尺身材，高颧鹰目，国字面庞，一脸黑须，生得很是端正，好像候补道府模样。

薛成方才停住脚说道："他不开客店也罢，他开得店，我便住得，我不是少他的钱，如何欺负远客？"

那人道："却是他的不是。"

店里小二也上来赔话。众人七手八脚把店主扛入里面去了。

小二道："达官原谅，不是小店欺负远客，奇巧今夜客多，委实无处下宿，因此不敢相留。"

薛成道："我敲门时曾说，胡乱房檐下大门边歇半夜，清早便走，一发算钱与你。如何你这贼店主不应我？"

小二道："达官不知，从前曾一次留客住房檐下，出过事。况且现是四更天气，近来水口不平，小店也自有难处。"

那人道："你别多嘴，速去腾出一个屋子给这客官下宿。"

小二摇头道："实是无处下宿，小人难道不知赚钱？"

那人道："也罢，你去叫我那听差起来，搬入我屋子去，腾出那屋子给这客官住。"

薛成连连称谢。小二飞也似跑向那屋子打门，那人引薛成随后走来。

那人在门外叫道："金升起来，搬到我屋子去。"

金升开出门，与小二两个将些行李搬至那人屋子去了。那人也与薛成作别自去。

薛成走入客房，放下箱笼包裹，小二也即进来，与薛成理了床铺。

薛成问道："那位客官是谁？"

小二道："是田老爷，北京来的，今早到店。"

薛成问过，叫小二去店里回些酒饭来吃。小二听了自去，少刻端上酒菜。薛成正待下箸，只听隔壁客房内呜呜地有人啼哭。

薛成道："是什么人在那里作怪？"

小二道："是个婆子。"

薛成道："好叫闹人，我这里正想吃酒，被她哭了吃不得。你去与说，再莫乱哭，什么事问了来。"

小二答应着去了，一会儿回道："这婆子因寻不着儿子，身边又没了盘缠，以此伤心哭泣。小人劝她只不得。"

薛成道："你去叫她来。"

小二待走不走，欲语不语。

薛成喝道："叫你去叫她，怎么不去？"

小二退出，须臾领了一个婆子来。

薛成道："你这婆子好不识体统，我在这里正喝酒，店里许多人也都睡静了，偏你兀自哭个不休，却来打扰俺们。"

那婆子一把眼泪咽着说道："咱也是好好儿出身，为是孩儿走失了不见，寻得他苦，单身无靠，又无盘缠，一时里想起伤心，禁不住不哭。却不料冒犯了达官。"

薛成道："你但要钱，我有，只不准你哭。"

薛成去打开包裹，拿出十几两银子，与婆子道："你若再哭，便一拳打死你。"

那婆子千恩万谢，拿了银子自去，果然不哭了。薛成方把酒

155

饭来吃，一时吃毕，小二收拾碗菜去休。薛成正待关门登床，忽见三两个汉子撞入门来。薛成一看，不是头路，托地跳出，战那汉子。那汉子们手中都提着器械，迎头打来，被薛成一手一个，劈开两旁，哪里是薛成对手，早打出门外。薛成乘势追逐，直逐出客店大门，见汉子们分路窜去了，方自回店。走入客房看时，只叫得苦，那箱笼和包裹都不见了。薛成急叫小二，小二慌忙赶来。

薛成喝道："你这黑店，方才不容我投宿，今见我带有银两，却来赚我。我这箱笼包裹劫哪里去？你若不将原物追来，先把你捣成肉泥。"说着，一把揪住小二头发。

小二杀猪也似叫将起来，口里央告道："小人便说。"

薛成放了手道："快说！"

小二道："达官不合与那婆子银两。那婆子与这里磨刀岭强人一起，常在客店里或半路上，但凡人多处，便啼哭叫苦。有好心的客官与了钱，她那婆子现成看了脚头，去报强人。方才婆子进来时，看达官包裹沉重，又且有只朱漆箱子，封皮封固，因此报知强人，先来与达官厮打，诱达官追出门外时，早把箱子包裹取了去。这些人都住在客店里，专来行劫。那婆子有名叫作辛苦婆，原是达官着了她的道儿，不干店主、小二之故。"

薛成道："是便是了，只你这贼店必然串通一气，如何眼见我叫婆子，不与我说知？"

小二道："冤枉！这伙强人多厉害凶险，早晚在磨刀岭上，若是小人露出些风声，报与客官，小人的脑袋早离了脖子。便是店主人，明知他们是强伙，谁敢悄说半句话？方才达官叫小人问婆子，小人说不出的苦。"

薛成道："也罢，便算你的话不差，但哪里是磨刀岭？"

小二道："就这皇辕驿后面，不到半里路，那座高山便是磨刀岭。"

薛成听说，推开小二，兀自将去。

小二拖住道："达官去不得，他那里有十几个猛恶头领、五七十小喽啰。达官枉自送了性命。"

薛成睁着眼道："你怕他，难道我也怕他？我不追将去，终不见他们来送还，岂是这般甘休！"说着，抢过身，直出大门。

时已五更，天色微明，薛成走向皇辕驿后面，昂首看时，果然一座猛恶山岭，两边奇峰耸叠，中间只一条羊肠小道。薛成走上岭来，却不见一人，心下奇怪。方行到山腰里，只听得一声呼哨，山岩上乱石似雨雹般滚下，两边闪出二三十人，各执刀枪杀将来。下面一声呐喊，又是十几个人断住去路。薛成四下里一望，叫苦不迭，只得回头急走，杀下岭来。走不过十几步路，两边众人发喊杀到，下面十几个强伙也死劲冲上。薛成一来昨夜晚赶路乏力，二来山势不惯，不两合，早被强伙获住，争似蚂蚁扛鳌翅一般，五六个人抓住薛成，架上山走。薛成想道："今番休了也……"

一念未已，只见飕飕的一阵尖风，白茫茫一道寒光，淅沥一声，那抓住薛成的五个人一齐扑倒，把薛成掼下地来。薛成起身看时，那五人个个眼孔流血，倒死在地。余外的叫声哎呀，都撇了薛成，逃命不迭。薛成惊魂不定，周遭打望，单见后面有人似鸟雀般飞跃岭上来，转眼已在跟前。薛成看时，正是客店里让房间的姓田那人。

薛成下拜道："今番不是大侠搭救，小人死无葬地。"

那人也不回话，挥手直上。薛成紧着跟进，二人一跃一纵，直到磨刀岭顶。只见顶峰上一座房屋，大木结篱，乱石叠墙，门前高插一面尖角黄旗，写道"镇武大寨"。二人打入寨内，只见厅上两旁站立小喽啰，共有四五十人。

一汉子迎上前来，说道："二位壮士稍待，大王有话相告……"

一语未了，众喽啰齐喊一声，厅内踱出一人，身穿箭衣，上罩黄马褂，头戴便帽，后面跟着三五人。直来薛成与那人跟前，深深一揖道："不知是二位壮士之物，小孩儿冒犯尊严，指望恕宥，原物俱在，不敢擅动。"叫取来还与薛成。

薛成看那箱笼上封皮依旧封固，收了箱笼包裹。

那人问道："更有何物？"

薛成道："便只两件。"

那人更不打话，返身径出，薛成也即跟出门来。那盗伙头领亲送二人至门外，方始入内。二人径回客店，薛成拜问那人姓名。

那人道："小可姓田，名广胜，广西都安人氏，因游历都门，将往山东，偶经此地。且问足下高姓，缘何来此？"

薛成也将自家名籍，投凤阳干差回京，略说一回。

田广胜道："足下凛凛一表，日后功业不凡，因何去贝勒府讲武堂主事？"

薛成便将在无锡时遇史卜存，一路杀寺，后来逃出家来，投贝勒府当差来由备说一遍。田广胜道："原来足下与史卜存相识。那人是小可同乡，小可正在找他，如果足下遇到史郎时，千万寄语，叫去泰山丈人峰顶上茅棚里找我，自有话与他说。"

薛成道："薛成若遇史郎时，自把这话传到。"

田广胜道："小可尚有个朋友在京，姓傅名有盛，本贯山西太原府人氏，现在北京前门外开设四通镖局。小可匆匆出京，忘了一事与说，托烦足下进京公毕，带一封书信，面交与他。那人是个磊磊丈夫，足下可与相交。"

薛成大喜。田广胜叫金升取过信笺，随手写了数行字，封固交与薛成。薛成揣好在包裹里，拜别田广胜，背上箱笼，提着包裹，取路投北京来，于路夜宿昼行。无话即短，来到北京城，先至安良家，投下抚院文书。安良阅罢大喜，好言安慰，催促进府，不可延缓。薛成辞别安良，便投贝勒府来，将信笼文书一并呈上。贝勒当场先拆文书看罢，叫左右揭去封皮，打开箱笼。

贝勒一面看信，一头将箱内诸物点了一点，对薛成道："你好辛苦，来回不误日期，我自有赏给。"着仍去讲武堂主事。

薛成谢恩退出，来至讲武堂。所有堂员听堂主到差，都来问候回事。薛成心中不耐烦，只好一一接见。

过得三天，薛成见无甚事，一心念着傅有盛，走向前门外来，见西河沿口便有一家镖局。

薛成入去问道："请教阿哥，这里可有个四通镖局？"

那局里人道："你莫是寻神镖傅老？过去十几家店面便是。"

薛成点头答谢，自想道："原来傅有盛是有名神镖，怪得田广胜称道他。"

走过十四五家店面，便到四通局，问道："傅达官在家吗？"

局里人道："你上哪里？傅神镖多年不出道了。"

薛成道："我不是请他保镖，有书信面交。"

那人道："原来如此，他一向在老店里，你去骡马市大街问老局是了。"

薛成想道："却这般啰唆。"只得走向骡马市大街来，问到四通老局，通名请见，局里人约略问了薛成来处，引入里面。不多时，听傅有盛出来，只见是五六十年纪，矮小身材，头发斑白，面色蜡黄，略有些须髭，笑嘻嘻对薛成一拱道："足下即是薛大哥？"

薛成道："小人姓薛名成的便是，因皇辕驿客店遇田广胜侠士，叫带书信一封，面交你老。因此冒昧求见。"

傅有盛道："薛哥请坐说话。"

薛成坐下，去怀里探出书信，递与有盛。

有盛看罢，笑道："薛哥与广胜初会？"

薛成道："正是。"即将在店遇盗事尽说与傅有盛听了。

傅有盛道："广胜练剑二十年，百技都精，尤长金钱镖，真个天下无双，岂是寻常之流？那些妖莽草寇遇到他手，好似快刀削泥，费什么气力？"

薛成道："直这般了得，哪里学得如此好武艺？也不枉为人一世。"

傅有盛道："他学艺时，据说是个有道老僧传授，那老僧现今尚在人世，差不多有二百多岁了，将来必成剑仙。他与无锡周发廷、云游和尚雪门三人同学，三人中是他造诣最深。他也有个徒弟，功夫老道，若是用心求进，将来且在他之上。可惜那徒弟少年好事，淫欲性重，他因此不肯尽将技艺教他。那徒弟也是他同乡，名唤史卜存。"

薛成听说，忽地跳起身道："周发廷、史卜存与小人均曾相熟，不道有这般能耐！"

傅有盛道："足下怎会与他两个相熟？"

薛成道："小人本是无锡人氏，在那里闹了五七条命案，住不得身。"即将杀寺逃家情由说与傅有盛听知。

傅有盛说："足见足下气度不凡。方才广胜来信，甚是器重足下。但有一句话托老汉转知，不怕足下多心，老汉有话要说。"

薛成道："只管说,你老但有理,便打死薛成,薛成决不回手。"

傅有盛道:"广胜来信说,依你这般气概,不合在贝勒府当差。当差也罢,如何替他们传递箱笼?那箱笼中都是些不义之财,薛哥岂有不知?广胜若不为薛哥,再不去磨刀岭讨回这些财物。若说那讲武堂,本是个孤老院,何曾是讲武。因此广胜叫老汉告知足下,足下看是如何?"

薛成叹口气道:"当初父母生薛成,只叫薛成做面筋,却到今日遇田广胜,方看得薛成是男子。薛成委实差了,但是傅老,薛成也有些道理。薛成是个该死的人,为此害了无锡县薛应瑞前程,一心要报他,故投身贝勒府。贝勒却把薛应瑞升了凤阳府,我心又是感激他,故去与他传递箱笼,也是薛成进退两难之处,没法奈何。你老是个好男子,今日薛成相识,一生之幸,只望日后点拨薛成。"

傅有盛道:"谅老朽何足道哉,足下暂且安身,日后从长计议。"

说话中间,有小厮报道:"有客来拜。"

傅有盛问明是谁,叫请入内,一面对薛成道:"这人也是一个好男子,我引与足下见见。"

薛成未及回答,那人已大踏步进来。薛成一见,兀自呆了。那人见薛成,也是呆住。两下执住手,半晌不放。

欲知那人毕竟是谁,且俟十七回分说。

薛成既别李氏兄弟,忽遇薛应瑞而入安良家,既入安良家,又荐之于贝勒府,既投贝勒府,偏又使之有安庆之行。于是范老、珊珊、田广胜、傅有盛、葛周通、

161

王无怀皆连锁于薛成之身。连锁既毕，似无须乎贝勒讲武堂，于是有田、傅忠告之语，而又使不即不离，使将田、傅之告与李大、李二之言参之，真有天渊之别矣。

　　若夫薛 ，利心涤荡，名心未烬，田、傅则名利均无介于怀，但行其所自在，此其深浅又不同也。

第十七回

傅有盛火烧普济寺
王无怀泪洒陶然亭

话说薛成与傅有盛说话时，见那人入来，不期而遇，各自呆住。当下与那人执住手，半晌不放。原来那人正是葛周通。

葛周通道："你会来这里，是我梦里想不到。"

薛成道："却是你来干什么？"

傅有盛道："原来你两个是熟人，却在哪里厮会来？"

薛成道："请坐说话。"

葛周通与薛成并肩坐下。葛周通对傅有盛道："这几日可好？多久不见你老，巧在今日局里无事，特来相望。不料遇我这薛大哥。"

傅有盛道："我正想使二位见面，哪知你们原是相熟。这薛大哥方来未久，也是初会。"

正说时，局里人回事。傅有盛问了一会儿，对二人道："我有些店务未了，暂容失陪。二位多坐一时，老汉去了便来。"

二人欠身道："傅老请便。"

傅有盛与局里那人跑出外面去了。

薛成道："如何你不去徐州，倒来这里？"

葛周通道："有什么不去？去了扑个空，那徐管带早自调任走了。"

薛成道："王家少爷呢？"

周通道："在这里。"

薛成道："在哪个去处？"

周通道："你听我说，自从与你别后，到徐州不见徐焕照，我两个左右无计。我自肚里寻思，若是回南边，我已犯下弥天大罪，镇江府正捉拿得紧，我一人不怕麻烦，只有个无怀在身，动不动吃了人亏，却如何回去？我待走北边，又没个相知，哪里去安身？无计奈何，我想起我那济南府老家，约着有几个朋友，遮莫多年不见，也许有些交情，想不如回老家找个相知，暂容安身。我两个即日上道，去了几天，那日来到南沙河，完了盘缠，无怀走不动路，一路上又无宿头，只得赶去滕县过宿。到县城时，已是黄昏过后，客店先要付钱，不得宿歇。闻知城外有个普济禅院，是个丰富寺宇，我寻思出家人总有三分善心，且去借宿一宵。我与无怀来普济寺打门，半天方才叫开牢门，吃那贼秃一不许、二不允、三不准，我捺住性子，再三恳请，横竖天气不冷，胡乱许我们在山门内宿一夜。那贼秃被我两个求恳得苦，也觉撇不过，方始收纳。就在山门内廊下放一条破被絮，两个人着地打宿。"

薛成道："岂有此理！"

周通道："且不管他，只我两个肚子饿得抽肠，毕竟后半夜天气，又不是南边，贴着冷石板，也耐不住寒。无怀坐着瑟瑟发抖，又打恶心。我委实看不过，却去后面香积厨中掏些饭菜来吃。争奈那个贼寺门路弯曲，一时寻不着。不知怎么三走两走，走错了路头，入到那贼寺里寝房。我连忙拽住脚，听得有女娘说

164

笑声，去窗槛上一瞧，混账王八羔子，都脱得赤条条的，共是三个娘们儿、两个秃骗，身揪身在那里厮缠。旁边生一炉炭火，正在煨酒肉。"

薛成听说，发话道："如何不杀尽那贼男女？"

周通道："我果要杀他，回头一想，无怀在山门内，寺里也有不少和尚。纵然我杀得他们，无怀逃走不脱，又且肚子饿得很，一时无气力，因此仍待去厨房。谁知那厮们劫数已到，我正在窗外待拔步，忽听脑后一阵刀风，却是又一个贼秃挺着板刀杀将来。那不是讨死？被我虚闪过，勾踢一脚，正着那人右臂，把不住板刀丢弃在地，我即去抓住那人，拾起板刀，只一刀，趁势冲入寝房，早见那两个秃驴也备刀棒在手，迎头搠将来，倒有些气力，一时使我杀不下。我便把那炭火炉一脚踢起，通红炭火飞了满屋子，纷纷落在贼秃身上。那两个贼秃一丝不挂，正闪身避炭火时，吃我一板刀一个，杀了完结。那三个贼婆缩得如剥肉鼠子一般，都钻在床铺下，被我板刀一挥，刮了出来，三个跪着求命。问知数内两个是湖北人，向是抽牌捉牙虫的，一个是苏州人，向在窑子里当大姐的，三个都是在路被和尚劫了来，关在禅房里轮奸。共有七个贼和尚，一般都是狗子不吃的东西，日里常干些小路上买卖，夜里与三个婆娘胡闹，所以不肯留住我们，正是为此。我看她三个贼婆求恳得苦，当时饶放了她，三个自拿衣服去穿。我走出屋子，再寻余外的和尚，逃得一个不见，到山门内叫了无怀，寻到厨下，荤素都备，酒饭顺手，两个吃得大饱。又到库房里觅着好些金银，各把藏在身上。我自思量，明日若是嚣扬，岂不又是犯了大案，不如先走。便与无怀急地窜出寺院，投县城来。约莫行了几十步路，劈面来了一人，拦阻去路，与我格斗起来。你道这人是谁？"

165

薛成道："定是那四个和尚叫人来杀你。"

周通道："哪里是什么和尚，却是这里局东神镖傅有盛。原来傅老因同行一家镖局护送客商南下，就在白沙河滕县中间被劫去镖银，为数不少。当时那同行再三恳求傅老帮忙，替他访查。傅老撇不过情面，特来滕县客店住下，乘夜间出来，一路探听。巧遇我两个慌忙逃出寺来，傅老看形迹可疑，拦阻我们。我也道是和尚纠人来杀，哪里肯放松。与傅老交手好一会儿，傅老跳出圈子，喝声'住'，问我道：'你劫去的镖银在哪里？好汉只需直说，不要躲赖。'我道：'什么镖银不镖银，我管不得。我杀和尚是实，你与和尚报仇，有本领只管杀来！'傅老大笑道：'我觉得不对，你旁边这人好像是文人，谅来是过往的客官。既你说杀了和尚，是杀谁家寺院里和尚？'我方才也知冒失，将一应情由讲与他听了。傅老想了一会儿，猛可省悟道：'你问知那贼寺里和尚也曾干小路买卖，说不定我那镖银就是他劫的。我与你再到寺里去一遭如何？'我看他人也是诚实，便一口应允，于是我们三人来寺里。傅老先问我库房在哪里，我引他到库房，究竟他老人仔细，不去库柜里找银，却去地板下寻觅，一寻寻出老大一个窟穴，那些蒜条金银、大块元宝都在那里，条银元宝上都有火烙印。傅老一一看过，掏出失单检点，只少去十几对元宝。傅老不胜之喜，当时寻只板箱，把金银尽皆装入，与我去寻到那三个娘们儿，傅老问了一番话，才知那贼秃剪径时都戴上假发，打扮农人，以故远近不知和尚是贼。傅老拿出好些银两打发三人，叫速即离寺，一面对我道：'事到如此，既杀和尚，便留不得寺，索性把这所贼寺火化了干净，免得多生口实。'"

周通说到这里，薛成拍掌道："有理有理！"

周通道："正是他老人想得周到，我一时间倒没主张。听他

166

说，即去厨下寻了好大堆柴草，四处叠起，放个着。这时半夜过后，这所寺院孤零零在城外，好在没人打救。我们三人提着银箱，绕出寺后，在畈野上看了烧尽，取小路回城。进城来，即与傅老一处，在客店安歇。傅老分大半金银与我，我哪里肯要？与傅老谈得十分投机。傅老问我去哪里，我老实与傅老说得备细，傅老邀我北上，因此我与无怀跟他来京。到京那日，傅老将取回镖银与那同行料理清结，叫我去他那新开四通分局里主事。前月送客到陕西，月中方才回京，今日闲暇，来看傅老，不料正遇了大哥。"

薛成道："却是难得，如今王家少爷在哪里？"

周通道："也亏煞傅老，荐他去本京陈道台家教书。那陈道台当日与傅老也是生死之交，又见无怀一表人才，文章出众，请他在家教孙少爷。前日我去看他，说宾主相得，很是乐就，倒也罢了。"

薛成道："陈道台家在哪里？我与你去陈家，会他一会。"

周通道："最好。陈家住在陶然亭附近，你我不必去陈家，只请他到陶然亭来，可以畅谈一会儿。"

薛成道："那便更好，好个陶然亭，咱们也喝一杯酒，只此便去。"

周通道："且请少坐，你究竟怎么会来这里？现在哪个去处？也好使我安心。"

薛成道："停刻去陶然亭再谈。"

周通道："既这般说，你坐一坐，我与傅老说句话，也有些局里事商量。"

周通跑出外面，去一时，与傅有盛笑着进来。

傅有盛拱手对薛成道："薛哥如何不多坐一会儿？大家好便

畅谈。奇巧今日老汉有些事失陪，倒使薛哥清坐。"

薛成道："改日再来相叙，今与葛兄弟去看一个同乡。"

傅有盛道："既是薛哥恁地说，改日务请光降，老汉专等。"

薛成道："是了。"

当下薛成辞别傅有盛，与葛周通一路投陶然亭来。二人四望花木，不时喝彩。来亭上，寻个清静座头，吩咐亭丁泡茶，叫将酒菜管待，取一纸请客笺，叫去东面陈道台府中请王师爷来。亭丁接柬，即去投请。

薛成道："我也是与你一般东家不着西家着的，混到这里，说起来又好气又好笑。自从与你在李家一别，我也投北来，遇到无锡县薛应瑞，一同进京，荐我去旗人安良家，安家又转荐我投贝勒府，打死了一个头陀，做了讲武堂之主。"便一情一节与周通备说一遍。

周通道："这也罢了，使我安心。"

薛成道："安心什么，日夜里只吃饭睡觉，好似面筋店里做买卖老汤头，不死不活焦躁人。这回干了些事，本不合我干的，险些性命丢了。"

因将磨刀岭遭劫，遇田广胜救护，以此投书来傅有盛处，又详说了一回。

正说时，亭丁回报："请柬送到，客人即刻便来。"

范老道："怎么不一路同来？"

亭丁遥指道："来也来也。"

薛成道："快将酒菜来安排。"

亭丁答应下去。薛成、葛周通立起身来，下亭看时，只见无怀带同小厮一人，急步行来。

薛成待无怀走近，握住手道："几个月不相见，兀自想你。"

无怀道："我也常时记着薛大哥，不知在哪里，却在这里厮会。"

薛成指小厮道："这是什么人？"

无怀道："是陈家书童，只恐我不认得，叫他陪来。"

薛成道："也与他喝杯酒。"

叫亭丁引去下面坐地。

无怀道："不需理会，先叫回去。"

无怀吩咐小厮自回，不必来接。小厮答应去了。

周通道："你出来也与东家说过？"

无怀点头。

薛成道："管他什么，又不是把人卖给他，难道便稀罕他一个东家？"

薛成拉无怀坐下，亭丁叫酒保端上酒菜来。无怀问薛成何时到京，周通便把薛成来京勾当说了一遍。

无怀道："这样说来，薛大哥与我们真是前脚后步，同在都门，相隔不见，真有咫尺天涯之感。"

薛成道："你别说天下不天下，我请你来，有话与你说。你昔日在无锡时，不是与陈家小姐叫什么珊珊的订有终身之约？那人自你出来时，便移居观音庙，伴她母亲念佛修行。现在她母亲已死，常有些混账狗子欺负她，亏得城外西街上范老爹接她家去，于今一老一小，寄拜父女。闻知有人去溧阳看将军会，说你在溧阳，陈家小姐听得消息，急忙与范老两个寻到溧阳，在那处遇了个骗贼婆子，强说你在凤阳府。两个又寻到凤阳府，险些被凤阳婆子骗了去卖，幸亏范老拳脚硬，打翻几个泼皮，方才无事。我去安庆回来，因到凤阳府看薛知府，好巧遇着范老，范老对我说，他两个现住小客店，把些首饰当质度日。范老说着便哭，我劝他不必哭，王家少爷与葛兄弟早去投徐州徐焕照，我这里有钱，送你盘缠将去。范老再三拜谢，即去料理动身。我急着要回京复命，也不曾去客店看他，就此匆匆一别，只道你们早相会面了。到今日遇了葛兄弟，方才知徐焕照调了差，他两个必然又走投无路，不知飘到哪里去了。我今日知得你在陈家，倒替他两个担忧，他两个不寻到你，死也不甘休。难得世上倒有这般重义气的女娘，我因此请你出来，告知你，好叫你得知。"

无怀听薛成说得一半话，早自扑簌扑簌流下泪来。薛成说一句，无怀点点头。薛成说罢，无怀已哭得泪人儿一般，再也应不出半个字，只咬着牙齿，屏着气，兀自把泪珠咽下肚里，看襟袖都湿。

薛成看了，推开酒杯，掉转头数亭子上橼子。周通看看无怀，又看看薛成，对着桌角只叹气。三人半晌一言不发。

亭丁引酒保上菜来，薛成立起，挥一挥手。亭丁不懂，跨入亭来。薛成伸手一推，亭丁仰天跌去，正撞着酒保。两个人连碗带盘，一起滚向亭下，倒了一身油汤，你推我拉，爬将起来，逃得远远地回头望薛成。薛成看两人对着打望，越发怒起，把酒壶使劲抛向两人。两个见不是头路，死命逃走了。

好一会儿，薛成道："王少爷，哭也难怪你哭，只不是这般哭法。男子汉大丈夫，要什么便什么，你看你哭的什么样子，真哭得我肚肠痛。"

无怀点点头，拱拱手，停了一刻，起身道："二位且坐，我去一去就来。"

薛成一把拖住道："什么话？你寻死觅活地去哪里？"

周通忽起，也拦阻道："去不得！"

不知无怀怎生回答，且俟十八回分说。

此回以火烧泪洒作题，火烧便烧得干净，泪洒便洒得满座。火烧虚写，泪洒实写，先分宾主，皆于无人无事无话乃至无情处落笔。徐焕照、陈道台，人人传说，始终不见其人，是无人也。劫妇女、劫镖银，托寻镖银，始终不见其事，是无事也。无怀不语，薛成不语，周通亦不语，是无话也。

　　薛成与妻素无情好，杀妻引为快乐，是无情者也。以无人无事无话无情之处，写其人其事其话其情，而超以象外，莫不使信有之，兼备之，此文章之能事，盖作者精心结撰之文。望读者反复读之，勿仅记其事迹也。

第十八回

老镖师密运薛汉
小骗子暗算周通

话说当时薛成、葛周通拦阻无怀，不许便行。

无怀道："二位听无怀一言。昔日无怀在无锡时，就曾结识陈家小姐，不合严父之意，因此被斥出家，我也再不敢想念她。谁知今日之下，她单身无靠，特寄拜范老为父，千里投寻，叫我如何放心得过？我待去东家前，立刻辞了教馆，今日便行，遮莫寻到寻不到，只是死不甘休。二位不必多虑，我一去就来。"

周通道："既已如此，何必这般性急？大家商量，且坐说话。"

周通纳无怀坐下，道："你便要行时，也得与我们商量。你一人哪里去得？"

无怀道："虽是我细弱无能，但丈夫光明磊落，苟且不得。"

薛成点头。

周通道："便是陈东家，不知许你也不许。"

无怀道："咱管他许不许，不教书由我。"

周通道："虽然如此，也要过得去傅老面情。"

无怀道："葛兄放心，陈道台也是个读书人，往常看他做事，着实讲理。我回去不与面谈，只留一封书，说尽我的苦衷，原是万不得已之事。谅他是个有性情的人，不容不许，当不使傅老为难。"

周通道："如此甚好，但你一人，万去不得。我与傅老商量，仍然我两人同行。"

薛成道："无须你商量不商量，我陪他去，我也落得逛逛。"

周通道："只恐贝勒不允，还是傅老好商量。"

薛成道："我只一句话，不由贝勒不允。"

无怀道："只为我一人私事，每连累兄长们前程，无怀心中不安。"

薛成道："什么前程后程，我陪你去，你只放心，莫再啼哭。大家喝杯酒，快活一场。"

无怀道："理应小弟奉请。"

薛成顺手去把壶抓个空，却才省悟，望望亭外，一个人也不见。

薛成骂道："这些贼伙不知干什么，叫他不来偏挨上来，要他来时，死也不来了。"

周通道："被你吓得都走了，谁还敢来。"

薛成道："兄弟下去叫一声。"

周通走下亭子，近下房处叫亭丁，吩咐酒保将菜来。周通回至亭中，须臾酒保托着一大盘热菜，重添一大壶酒，端在桌上。亭丁去打扫碎碗片，拾了酒壶，重来泡茶。薛成掏出银两与亭丁道："碎碗酒壶，你去买了赔他，多添时鲜菜蔬，不管贵贱，算钱与你。"

亭丁声声答应去了，三人方才斟杯畅饮。

一时酒罢，薛成算清酒资，对无怀道："你速回去辞了东家，

173

我在傅有盛局子里等你，今晚再与傅老、葛兄弟畅叙一宵，明儿清早动身，先去徐州探问，不要延误。"

无怀相别自去，薛成、周通也各别散自回。

单说薛成来到贝勒府讲武堂，入门未及坐定，管事太监来道："堂主去哪里？贝勒爷有话吩咐，速叫传见。我寻得你苦，又不敢去回。"

薛成道："晓得了，多累长公。"自肚里思量："好凑巧，我正要与他说话，他却来找我。"

当下薛成跟管事太监来阁儿里见贝勒。

贝勒道："早叫你来，什么事迁延，到这时才来？"

管事太监回道："为因堂内有些事安排，一时走不开。"

贝勒道："薛成，今有紧要文书，着你去保定府督抚衙门投下，带了回件，即日动身，不得延缓。"

薛成道："上复贝勒，薛成有个家乡人来此，托去找寻一人，薛成已是应允，正待禀告，请贝勒爷开去薛成差使，即便动身。"

贝勒作色道："谅你是什么！却不禀明我，怎敢擅自做主？不得胡言，速去保定投书！"

薛成道："你又不早说，我哪里知你要去保定？我既答允人，我自有道理。便是亲生的爹娘也管不得我，你怎管得？"

贝勒大怒道："该死的奴才，左右与我拿下这厮！"

两名侍卫一声吆喝，来拿薛成。薛成一脚一个，踢开喝道："什么贝勒不贝勒，难道老爷倒来怕你？好便好，不好，只一拳打死你这贱贝勒！"

薛成抢上前，拔拳打去。贝勒见不是道理，从小也学得些武艺，这时便耸身闪避，急忙逃入屏后。薛成打个空，两个侍卫大叫一声："逆贼行刺！"死命扑上薛成。外面众侍卫闻得有变，一伙子赶入阁儿来。薛成大怒，顺手打落一头大门，掉在手中，似阔板大刀一般，东来东劈，西来西劈。看看众侍卫越聚越紧，薛成便一面劈，一面打出外来，一时劈倒三五十人。众人都不敢近。外面讲武堂众人听得有人行刺，都执长枪大刀呐喊齐来，一看是薛成，众人先自软了手，你推我，我推你，不肯上来。薛成直打出大门口，把手中一扇板门猛向众人掷去，便飞也似逃出街上，转了几个弯，直到四通老镖局，蹿入内室。傅有盛招呼不迭，薛成已自入来，见薛成神色慌忙，问是何事。

薛成道："打了一场。"

傅有盛道："打谁?"

薛成道："还有谁，就只那贼贝勒。"

傅有盛跺脚道："这还了得? 却是苦也。我早上与你说句笑话，你却真做出这等事来。"

薛成道："不干你事，我有我的道理。那厮太瞧不起人。"

傅有盛不语，摇手叫勿作声，携着薛成直入里进屋底，登楼入主堂间，叫在这里主阁下暗伏，切嘱勿声。傅有盛返身出来，拴上门，掇条凳子去局门口坐地，与局里人说些闲话。只见护军营兵丁满街杂沓而来，数内几人与傅有盛相识。

傅有盛笑问道："老总，怎的忙得这样? 难道万岁爷圣驾清道?"

兵丁道："傅老，你不知，贝勒爷府中遇贼行刺，有人见他逃往这条街市过，因此派本营来搜罗。"

傅有盛道："快请老总入小人家搜一搜，好使小人安心。"

兵丁道："你老倒会取笑，认得你是神镖，几十年老局子，谁不知? 咱们也看事行事，若胡乱搜索不关紧的人家，反被奸贼蹿了去，待派咱们何用?"

傅有盛道："真个老公事人落了场，脚脚有头脑。"

那兵丁们笑了一声，火杂杂地拥过街头去了。傅有盛方才放下心，只恐再来，依旧坐着门口，与局里人笑语。

只见周通慌忙跨进门来，问道："怎么？"

傅有盛笑道："有什么，这两天又没甚事，大家休息一时，明儿去天桥听唱曲子，你去吗？"

周通含糊答应一句，问道："街上搜查什么贝勒府刺客姓薛的，是什么道理？"

傅有盛道："却是作怪，想贝勒府那般森严之处，青天白日，何来刺客？咱们老百姓哪里知得。"

周通听傅有盛话里有些蹊跷，只得说开别事。

二人空谈一会儿，傅有盛看街上更无响动，方引周通入内，至僻静处说道："这位薛大哥如何这般使性子，闹得太厉害了！"因将方才事说过。

周通道："天幸遇见你老，不然，性命休矣！这薛哥定然要出讲武堂，与贝勒争吵，因此使性子。"便将陶然亭一段话说与傅有盛听了。

傅有盛道："你看嘛，直这般不识利害，就使要走，也得乘着当儿说话，倒使性子打他。他是当今皇上宠爱的侄儿子，不日将晋爵亲王，这不是太岁头上动土？"

周通道："可不是呢！如今急要想法子脱身才好。"

正说时，人报姓王的客官来局。

周通道："无怀来了。"

傅有盛请即引进。

无怀入来，周通问道："如何？"

无怀道："东家十分爱好，本要饯行，被我再三挡驾，现派人已将行李送来，明儿准可动身。"

傅有盛听说，叫局里人速将行李收下，打发陈家当差自去。

周通对无怀道："你不知，薛大哥闯了大祸。"又把情由略说一遍。

无怀叹口气道："合是我无怀命穷，逢到我，便生出事来。如今怎么得了？"

傅有盛道："事到如此，只得暂容设法，葛兄弟且去外面察探风声，即来报知。"

周通应声便去。

傅有盛对无怀道："你宽心坐一坐，不可躁急，我去瞧瞧薛兄弟。"

傅有盛登楼，入主堂屋内。薛成一脚跳起道："老大哥怎样？快放我出去，我闷得要死！"

傅有盛道："老弟耐一耐心，焦急不得。外面搜查得紧，我正在设法。"

薛成道："快些快些！"

傅有盛道："晓得了，你切莫作声。我这主堂屋子，但逢时逢节开门，平日无人进来。你若有些响动在里面，我家走上走下人多，一被他们听知，不免传扬出去。今日天幸你进来时无人留心，好在局里人都不知道。你再不可大意，忍耐些，我巴不得将你速送去平安路上。"

薛成连连点头。傅有盛退出，仍闩好门户，走下楼来，与无怀说些话。旋见周通跑进门来，附耳说道："四处查得正紧，大栅栏、西河沿一带都有护营军守着，兵丁们传说，有人看见那贼走骡马市街逃过，只怕还待重查。"

傅有盛寻思无计，三人面面相觑。正没作道理处，局里人来

177

说："有客人请保镖，投往太原，共有十多件行李，要请神镖亲自出马，愿多听费用。"

傅有盛道："好好辞谢他们，叫去别家请镖，只说这里没人，都送客出口了。"

局里人道："我们也是这般说，却是他们素知老镖师在家，定要求请。说了好多话，他只不肯去。"

傅有盛想了一想，说道："他们现在哪里？"

局里人道："只在外面等候。"

傅有盛道："也罢，我去与他们说。"

傅有盛走向外来，只见店堂里立着三个人，两个一老一少，还有个似下人模样。那老的见傅有盛，躬身作个揖，说了许多话，定要傅有盛亲自押送。

傅有盛道："既是客官这般错爱，老汉推却不得，只好权去一遭。但老汉自己也有些行李，今日走不得，只好明儿动身。"

那老的道："只要老镖师应允，一切从命。"

当下开了行李单，下了定银，约来早取过行李，在局装车。那客人欢喜自去。

这时，葛周通因傅有盛来店堂，在内坐立不安，也来外面旁坐。听傅有盛应允保镖，好生纳闷，当时随着傅有盛进来，问道："怎么你老许他上道，却叫小人如何？"

傅有盛道："倒是一桩好事，我早想在肚里了。今日官司搜查正严，薛兄弟如何得出？又加他面貌与众不同，哪里混将过去？巧在这太原客人有十几件行李，我寻思一计，只需备一只大箱子，把薛兄弟盘坐在内，当作行李混杂上车。但出得石家庄，那里路途四散，便可逃生。"

周通拍手道："好一条计，天幸薛哥遇了你老，有此解救。"

当下傅有盛去拣出一只牛皮大箱,与葛周通两人把箱底四周凿了好几处泄气小孔。傅有盛自去检点一应需用之物,也配了一副被褥行李,待黄昏人静时,三人来主堂屋内,告知薛成。

薛成道:"却是苦也,叫我如何闷得过。"

傅有盛道:"但出石家庄,便开箱放你。"

薛成道:"既如此,你多给些酒喝,醉饱了,好稳便睡觉。"

傅有盛道:"也说得是。"

即叫周通取大坛酒来,大家陪薛成取饮,说些离别之语。

傅有盛道:"我送薛兄弟出口,见事行事,自得理会。王少爷既要去寻令亲,且由葛兄弟陪去,路上小心,早日回京。我去太原,多不过两个月,也得回来。薛兄弟切要耐心,不可焦灼。"

无怀、周通各自洒泪,薛成只顾叹气,傅有盛赔脸强笑。大家痛饮一回,直至三更。薛成连喝十七八壶好酒,已烂醉如泥。

四更过后,周通取上箱子,将薛成扶入箱内,欹斜坐地,放一大包干粮在薛成身边。薛成眯着眼点头。傅有盛合下箱盖,加锁锁了,又贴上四通老局封皮。

天明时,那太原客人已将十几件行李取来,在局门口装车。周通托取大箱下楼,放车上,并将傅有盛行李均装载拴束停当,插上镖旗。傅有盛与三个客人各自登车纳坐,那薛成大箱即在傅有盛眼前。

一时车行,周通、无怀步送随后,黄尘起处,轮蹄相逐,遥望不见车影,方才回局。

二人坐定,好一会儿,周通道:"傅老嘱我陪你同行,正合我意,我们要走便走,你稍坐一时,我去西河沿新局子里提了包裹来。"

无怀道:"我们准定先去徐州,你顺便雇好车辆。"

周通应着却去，不多时，回至老局，叫无怀上车。无怀说："且住，我有银两在行箧里，都交给与你，好便发付。"

周通道："我也有些银两在身，要用时再取。"

无怀不依，自来店堂里，打开箱箧，取出大包银钱，都与周通。周通揣在包裹里，二人上车，向徐州进发。

于路周通道："范老二人怕未必尚在徐州，倘使不在那里，我们将怎生做主？"

无怀道："就使不在那里，只需向步哨营去问，定然问得些根底。那时再作计较。"

二人一路谈徐州事，也不时提薛成。行行复行行，不止一日，来到兖州府境界。正是烈日当午，二人口渴肚饥。

周通问赶骡车的道："哪里买些酒饭吃？"

赶骡车的道："前面树林下便是青阳庄，有的是酒饭。今日时候尚早，过青阳庄去兖州府城只一站多路，达官正好那里宽喝几杯酒，去府城里投宿不迟。"

二人大喜，赶来青阳庄口下车，问到一家酒饭店，二人入来。周通提着包裹，拣过清净座头放下，叫过酒保将好酒好菜管待。只见隔店一个白面后生，年不过二十五六，生得好模样，正在那里喝酒拍曲子，背后立着一个老家人，替那后生打扇。无怀想道："是谁家公子，倒会寻兴。"不多时，那后生叫老家人泡一碗清茶醒酒，不许酒保动手，恐着油腥。老家人应去净碗，把碗水倒向门外来。却好无怀去外小遗进门，不端不正，全碗浊水都倒了无怀身上，单衣薄裳，尽皆濡湿。那后生见了大怒，喝叫老家人跪下。老家人登时色变，在无怀跟前跪下谢罪。

那后生一面堆下笑脸，再三拱手对无怀道："蠢奴莽撞，多多得罪，乞恕小弟薄面。"

无怀连连回礼道："不妨不妨，也是我进来得太快，使他留手不迭。"

即叫家人起来，用言语安慰。那后生谢过无怀，喝令老家人速取衣服来，替这位少爷换上。老家人应声出门，无怀叫留不住。无多时，只见老家人捧着一包衣服进来。那后生亲自拣一套月白绉纱小衫裤、香云槟榔实地纱大衫，定要请无怀更衣。无怀被后生说得不好意思，只得换了一套小衫裤。周通寻思："这人倒是个爽利汉子。"

当时无怀换过衣衫，与那后生通问姓名，方知姓张，名道声，是福建福安县人氏。据说他父亲曾做暹罗出使大臣，现已病故，因有勋劳于国家，子孙世袭官爵，他不愿为官，但在粤东一带干洋商买卖。这番游历京津，也在天津码头有些公干，事毕南下，在此过路。与无怀谈得十分合意。周通也通姓名，张道声并懂得拳棒，与周通谈些武艺，虽不见长，也解得许多门径，周通甚是欢喜。张道声邀二人并席，在一处饮宴，重添酒菜，谈笑风生，好生快意。

一时酒罢，无怀要取换衣服，张道声道："不可见外，你只顾穿去，我今夜也要上兖州城下宿，本当奉陪，因尚在此等一个朋友，等着他一同来城，当在客店相会。你只拣大客店住下，好使我投寻。"

无怀只得罢了，与周通二人辞别张道声待行。张道声见周通带有包裹，即叫老家人过来，与周通提着前行，自己亲送二人至庄口，又说了好些话。老家人将包裹送至车上，拴束一处，周通、无怀均登车坐定，与张道声拱手作别，投向兖州府来。到得府城，已是上灯时候，依话去寻大客店安歇。二人入店，拣个风凉客房，卸下行李。周通待发付骡车，打开包裹，去提银两，叫声哎呀，哪里有什么银两，却是一包石子调在里面。周通喝叫店小二和那赶骡车的前来追问。

店小二道："达官一向把包裹提在手里，又没人接过。小店里千人上，万人落，从来不失少些钱财，定是达官在路上着了道儿，可曾遇见什么人？"

周通大悟，方知张道声是骗子，大怒道："小丑直如此大胆，快与我追上去！"

不知周通毕竟追着也未，且俟十九回分说。

薛成于亭丁，前倨而后恭，于贝勒，前恭而后倨，终不免一推一打。其视二人，初无分乎贵贱也，凡其言行，莫不天真豁露。傅有盛则适相反，事无巨细，悉皆体察，其警机之处，非众人所及也。凡所言行，丝毫不露其天真，而又于理义无失。作者特为二人合传，以见行义之方不一。

后叙一张道声，翩翩少年，真佳公子也。其视薛成，粗细何如？美丑何如？智愚更何如？然而一英雄、一小偷也，此又为薛、张合一传矣。

第十九回

兖州府葛周通卖技
二牌庄莫道人逞凶

话说周通醒知张道声是骗子，喝叫骡车追上原路，一面对无怀道："你在此住下等我，我便独自去，追着那厮，扯作他两段。"

无怀道："敢怕他走得远了。"

店小二道："达官遇见怎样人？也说与小人听听。"

周通道："是个白面浑小子，不长不矮，二十五六年纪的人。"

无怀道："再不像是个骗子，正是哪家少年公子，也带着一个老苍头。我们入酒馆时，他在那里拍曲子，次后叫老苍头净碗。那老儿不当心，把浊水泼了我一身，他叫老苍头取衣服给我换，多少好言慰谢。我过意不去，待要还他，他说：'你穿去，我在这里等朋友，等着了也来兖州城下宿。'后来我们上车，他叫老苍头提包裹送上车中。那老苍头一步不离，我们与他说些话，他与老苍头自去了。难道这一时就着了道儿？"

店小二道："一些也不差，正是着了他的道儿。你们说起来，我知道了，这人名唤张小五，生得好漂亮，据说是福建人，凭你哪一处言语，都能讲能听，也懂得文字，也懂得武艺。他们专在路上拦等过往商客，做些软买卖，但被他一兜一搭，没个不上钩。因他遍地巡逻，好似蚂蚁钻地穴，没处不钻到。又为他生得好白面，江湖上起个名儿，唤作白蚂蚁，是有名大骗子。他那老苍头原是他徒弟，方才净碗倒水，名作下钩子，不因有此一钩子，他不好兜搭上来。后来老苍头提取包裹，名作跳龙门，他与你们说话时，早已掉了包了，这是老苍头勾当，还不是他亲自出手。二位既着了他的道儿，追也无益，一路上都有他的亲信人，早是通报提防，倒怕不巧，还要吃他的亏。"

周通听说，勃然大怒，一把揪住小二，喝道："你这贼伙，如何说得这般清楚？定然是张小五徒弟！你若不说出张小五去处来，我先一拳打死你！"

吓得小二面如土色，央告道："小人为是好意，说与达官得知。若果是白蚂蚁徒弟，也不肯这般直说了。"

无怀连连劝住。周通不许，大声道："你但说出来，我便饶你。"

小二急得发哭，央求道："实是小人不知，这些话但听往常客官们如此讲，小人怎敢通同他？"

无怀也与他求告。周通放下手，笑道："我不过吓问他。"向小二道，"老实对你说，我们也不在这些银两，你但说出张小五所在，我追得银两，都把与你。"

小二道："方才与客官说过，这人无家无业，漂流不定，又哪里去寻他？小人实实没法，求达官宽恕。"

无怀道："我尚有些碎银子，先发付骡车回去，再作道理。"

周通点头，取些银钱，付与赶骡车的，一面叫小二酒饭管待。二人计议，尽将所有钱物算了一算，只够几日盘缠，哪里动得身。

无怀道："合是我命数将尽，有道是：'君子安贫，达人知命。'在此不是道理，不如走上一程，且作计较。我便讨饭，也要讨到徐州。"

周通道："我寻思一计，不若将我看家本领去换几个钱，来日择热闹处行事，谅偌大兖州府城，难道便没半个识货的？若是干得好，每日积些钱，不需三五日，便可起程。今若先走一两程，往前都是些小地方，一发连我这勾当也不中用了。又加这大热天气，你的身体又素弱，倘然中途生病，如何是好？不如且住。"

无怀道："恁地时，又累了兄长，无怀死不足报。"

周通道："再别说这等话，今番却是我大意，着了张小五把戏，尔我尽管说这些话干什么。"

当下周通已决计在兖州府城卖技，置些枪棒应用之物。次日早上，来到府横街教场旁空地上，把一面小铜锣接连敲了几阵。看众人渐渐拢来，周通在圈子内拱手团团一拜，说道："在下周通，本贯济南府人氏，因去徐州府勾当，在路遇着骗子，把小人银两尽行窃去，无有盘缠，不得动身。因此将些本身武艺试演一遭，想这兖州府是个有名大城，不少英雄，却望指教。"

周通说罢，使个门户，走了两趟拳脚。众人也有喝彩的，也有窃窃私议的，只听一人哧的一声冷笑，拥出众人丛中，挥袖自去。周通看在心里，也不与攀缠，去地上拾了枪棒，又使了一回，方才将铜锣翻面，对众道个万福，口里但说："随缘发付。"众人也有退后的，也有去人丛中跑走的，也有白着眼望天看地的，只舍不得丢钱。周通连走了五六圈，才见铜锣心里薄铺着一堆小钱。周通想道："直这般不济事。"只得咽口气，重来一回，

185

又挣了几个钱。如此至晚，方回店来，合算不够两人一日之用。周通闷闷不乐，吃些酒饭宿歇，一夕无话。

次日又去上场，仍是如此。第三日，周通换了个去处，至城门口空地上摆擂，依旧不见长短。

原来周通使的拳棒全是内功，是丈人峰和尚所授第一路拳脚，外行人看不出好处，因此人家都当他走江湖混饭一般，也是逢场作戏，给他几个钱，本不在武艺。周通无奈，次日又去。

无怀独自在店闷坐，向晚不见周通回来，立在门前等候。只见一老道士，身穿黄绸左衽道衫，头戴铁箍，高结道冠，脚踏麻鞋，自隔厢走向前来，对无怀一揖道："客官贵姓？"

无怀答道："姓王。"

那老道跨入门来，睁眼看无怀，自首至踵，打量了好一会儿，异道："客官自哪里来？将去哪里？"

无怀道："与高人素不相识，不知有何吩咐？小子自北京来，将去徐州。高人有话，但说何妨。"

那道人道："贫道走遍中国，相天下士，今来兖州，偶过客店访友，喜遇足下，生得五岳之表，鸡群鹤立，不同凡俗。贫道一见，便知足下非常人。可惜足下近来黑气满面，厄运当头，休怪贫道直说，大祸即在眼前。"

无怀吃了一惊，拱手道："小子一路磨难，非止一日，承高士指点，却不知怎样的大祸，遭在何时？"

道人摇头道："这话难说。"

无怀道："难道便没解救？"

道人道："有便有，只恐客中解救不得。"

无怀道："高士可否一言指点愚顽？"

道人道："说也容易行却难，看足下劫难，只有一座星宿可解。须择黄道吉日，打水陆大醮，七七四十九日。活剥黄牛一头，葬十字街口。且须足下躲避僻静处，不可见一人，如此尚能镇压。"

无怀想道："现在山穷水尽，行动且不自在，哪里有钱做这些勾当？常听人说，江湖上有解救星宿的妖道，专事骗钱。此人莫不也是左道之流，敢怕是白蚂蚁一路？且把话体问他，看他如何。"

无怀想已，告道："高士所言，实启下愚，只身在客店，如何办得这般法事？可更有旁的简便之道？"

道人道："看足下仪表不凡，出身积德之家。贫道见死不救，有违法例，既是足下这般说，贫道休辞劳苦，与足下解救。足下但备白银二百两，贫道去与足下打醮镇压便是。"

无怀正待说话，只见周通慌忙回店，走入门来。

无怀道："如何到这时才回？"

周通不答，望着那道人道："是什么人？"

无怀道："难得这高道指点，说我有大难，他可解救。"

周通道："除死无大难，命里要死，遮莫解救也不成。我且问你，是什么大难，怎样相救？"

那道人道："汉子，你如何气闹闹地来撩拨？贫道一番好意救护他，信不信只由他，与你何干？"

周通道："须知我们是兄弟二人，生死相关，又干你何事？"

那道人道："倒是我救护得错了，世间也有你这般不讲理的汉子！"

周通道："我素来不讲理，要问你讲理的，如何知他有这劫难？"问无怀道，"他怎样说？"

无怀道："他说我大祸在眼前，须备二百两银子，可打醮

187

镇压。"

周通听说，喝一声妖贼，啐道："你既是好意救人，不合取人银两，这分明是骗钱作怪，不是白蚂蚁徒弟是谁？我前日在教场旁演武艺，你只冷笑我，今日倒要看看你的本领。"

那道人早见周通是个卖技走江湖的，有意将言语抢白，这时不待周通下手，大吼一声，扑上前来打周通。周通闪过身，飞起右脚，向后只一踢，正着那道人臀骨上，趁势又一拳，打翻道人匍匐在地。

周通一脚踏道人脊梁上，问道："好贼伙，怎不去打醮来解劫难？眼见今日你是死路！"

周通将左手把住道人道冠，提起上身，去右手对准一巴掌，问道："你说！"

那道人双手撑地，脊梁上被周通踏住，半身不遂，挣扎不起，口里只说打得好。

周通道："你还敢犟嘴！"去臀部上又一脚，踢出血水流一地。

无怀忙劝住道："葛兄也不值打死这贼伙，且饶了他狗命。"

周通寻思："便打死他，也不是道理。"喝道："今日若不看我这兄弟面上，便打得你三魂六魄飞去酆都城叫冤。且留你这条狗命，再来冷笑我，看你再骗人也不骗！"说时放下手，转身一脚，踢出门外。

那道人爬将起来，说道："认得你，再会再会！"一路血水淋淋地跑出店外去了。店里众人都来探问。

小二入门来，问："客官怎的打了老道士？"

周通道："又是个白蚂蚁徒弟来骗我们，怎不打他？"

小二道："客官闯了祸了，这老道士有些法术，好多人跟他

188

做徒弟。手下有的好汉，只恐早晚来报仇。"

周通道："敢是我怕他？只他这般的本领，见得多，便来个七八十人，打什么紧？"

小二伸伸舌头自去了。

无怀道："我们人地生疏，不能不防他。今日你出息如何？我们早离兖州为是。"

周通叹口气道："不想这兖州府全是些吃饭撒尿的呆汉，没半个识得好歹的。我指望日间天热，晚凉人多些。直到天黑，都是些不三不四的众人，又有什么出息？"

无怀道："如此怎生奈何？我一心想走，每日你出门去，我独坐得苦。今日若不是你巧回来，又吃那贼道人的亏了。"

周通道："说得是，我在外面也只不放心你，镇日价叫你一人住着，又挣不到钱，在此不了。且赶上几程，但得到徐州，若发地不见范老两个，我们且去十二圩居敢当家将息一时。"

无怀道："正合我意，只今仍没盘缠，如何得行？"

周通道："只好把些行李衣服一应押卖换钱，在路再使些枪棒，但图糊得口，终不成我两个半路里做叫花？"

无怀道："如此最好。"

二人商量些话，次早，周通将去行箧衣服至十字街口，插标叫卖，卖得一无长物，方才回店，算还店资。一路上道，向晚来至邹县境界投宿。黑早趁凉便行，走不过三五里路，见路旁大树下坐着一个汉子乘凉。周通、无怀也走得乏力，去树下拣个干净所在坐下。

那汉子笑吟吟问道："二位客官去哪里？"

周通道："回江南老家去。"

那汉子道："却是一路。"

周通道："不知今日能到两下店不能？"

那汉子道："难说。这般的热天，走不了多路，好在这向一路有宿头，不必赶程。"

周通道："也说得是。"

二人坐了一会儿，起身又走。

那汉子也立起身道："与你们搭伴走路，省力些，又好谈谈。我也赶你们走吧。"

那人随在周通、无怀后面，于路说些闲话。无非是走哪里，过哪里，到哪里可以下宿，一般都是客途风味。三人同行，来到村庄上，土名二牌庄，是个出入关口。

听那汉道："这庄上倒有好酒，我热了行不得，大家喝三杯如何？"

周通正患口渴，说道："最好，就这庄口店上买三碗吃。"

那汉道："这里太肮脏些，前面寻一处清净酒店不好吗？"

三人行经街市来，早见市心里高高飘起酒旗，屋宇新漆，碧帘下垂，好个清凉所在。

那汉道："这一家如何？"

无怀道："却是这家清净多了。"

三人入来，拣里面靠窗酒座坐下。

那汉道："这里是我东道，二位不必客气。"

周通道："岂有此理，只许我们请你。"

那汉不答，叫店里人："只管将好酒好菜来，也把些水果下酒。"

店里人答应一声，须臾捧上三碗酒，端在三人面前，另是两大壶，放在汉子手下，鱼肉、水果都已安排。周通渴极，连吃三碗，无怀素不善饮，叫泡一壶清茶解渴，撇不过那汉子殷勤劝酒，也喝了半碗，只觉有些头晕，心内跳突不定，一时间坐不住。忽见周通叫声哎哟，扑翻身倒地，口吐白沫。无怀大惊，正待起身去扶周通，吃那汉子直扑身来，横腰揪住叫道："倒了倒了！快与我扛入里面去！"

店里人应一声，跳将出来，笑道："直这般没用，枉说是好汉。还是这后生，倒有三分劲。"

那汉道："快将绳子来，先绑住这小厮。"

店里那人取过绳子，去无怀身上捆了结实，先扛入里房，吊在柱子旁，再来扛周通，放在长凳上，也紧紧凑凑捆了一捆。

店里人道："你不会看错吗？"

那汉笑道："这些小事，如何办不了？我已问得清清楚楚，原是从兖州府来，投徐州去的，哪里会错？你管住他们，我去请莫师父来。"

那汉一跳出门，约一盏茶时，慌忙跑入门来。无怀打一看时，那汉后面跟着一个道人，正是兖州府客店中那个老道人，直吓得魂飞天外，眼目无光，想："今番死得冤了！"

店里人对那道人道："莫师父，可是这两个贼伙不错吗？"

莫道人道："不是他们是谁？好快活！今日也到我手里，快与我拿刀来！"

那汉子拿出一把短柄阔斧，递与莫道人。莫道人挆起袖子，对无怀闪了一闪，喝道："你瞧今日却留不得你两条狗命！"

正待手起刀落，片刻无情，两个都归地府。

毕竟二人性命如何，且俟二十回分说。

无怀设帐于陈宅，周通保镖于傅局，宾主既宜，似可以无事。而一闻薛成之告，不惮万里，备尝险阻。写

191

无怀情深之至，周通义重之至也。

篇中叙张小五之诈，莫道人之险，见行路之难，而知出处之不易。诸但于无文字处寻之，当知作者立意之所向。

第二十回

灯明深院话恩怨
车驻长亭审是非

话说莫道人手提短柄巨斧，正待往无怀身上砍下，猛留住道："却是这走江湖的贼伙最欺负我，先杀死他，方泄我心头之恨。"

莫道人说罢，掉过刀口，来砍周通，对那汉道："你们且把醒药点醒他，我有话与他说，好使他死得明白。他便做鬼也识得我道人厉害。"

那汉道："师父不是说这人本领不凡，若是点醒他，只怕捆不住，不如杀了吧。"

莫道人道："不妨，到这时还怕他逃哪里去。你们再将绳索来，我亲自捆他结实。他便有三头六臂，也不济事。"

那汉与店里人递上绳索，莫道人放下大斧，重把绳索绕过周通脖子，扎下手脚，再绕转上身，打了个乾坤结。叫将醒药点醒周通。店里人取过醒药，塞周通鼻孔里，喷了一口冷水。周通打个哈欠，圆睁怪眼，大吼一声，使劲一耸，连那条长凳扑上空，高去一丈，却被绳索三转四回扣得紧，只挣扎不脱，仍翻下身来。

莫道人急去按住周通，那汉与店里人死命把住凳子。

莫道人擎起大斧在手，笑对周通道："认得我？今日不由你做主，也在我手里！只怕你死得不明不白，叫你醒来说句话，看谁是死路，又谁的三魂六魄走酆都城叫冤！"

莫道人说罢，叫一声去休，对准周通脑袋，一斧头劈下。却是作怪，那斧头刚才着周通皮肉，忽地跳了起来，打个旋子，翻掷在地。看莫道人时，侧翻身动也不动，但见七窍流血，右臂截断，早一命呜呼，走酆都城去休了。

店里人撇下凳子便跑，周通好生惊疑，侧眼看去，只见一人目光闪烁，岸然走入门来，解下佩刀，与周通割断绳索。周通跳起身来，扶视无怀。那人又去无怀身旁，将捆缚截去。无怀吓得晕厥，立不住身。那人按无怀胸次，抚摩了一会儿，方才醒来。

周通、无怀扑地叩谢，道问那人姓名。原来那人正是田广胜，自皇辕驿与薛成一别，一路流连，绕经河南、安徽境界，待去山东泰安，间居游览，不在赶程。

这日正来此二牌庄，与当差金升行经街市，忽听篓中飞剑棱棱惊鸣，知近处有杀气。当时启篓袖剑，识定方向，来至碧帘下新漆酒店，听里面有声打闹。叫金升立在门外，闯入店来，不见一人，行至里面打一看时，正是莫道人手擎大斧直劈周通。田广胜情知是谋财害命，袖去一剑，截断莫道人右臂，似风扫叶，疾入心窝又一剑。当时莫道人用全身气力砍下，忽被断去右臂，因势丢撇大斧，抛向空中，立即身毙。

田广胜收剑入门，救苏二人，询问来处。周通具告自京南下一段话。

田广胜道："原来是傅有盛朋友，昔日我去都门，如何不见足下？"

周通道："小人在西河沿新局主事，那时正送客出口。曾听傅老说过，又有小人朋友薛成盛称大侠在磨刀岭救命之恩。小人久倾大名，如雷贯耳，不图在这里相见。"

田广胜道："薛成今尚在讲武堂否？"

周通道："又是闹了一场，亏煞傅老设计，密运出京了。"周通因将薛成事从头说了一遍。

田广胜笑道："倒是个爽快人，说得到做得到。我知这人与傅老气味相投，且不知二位如何落了妖道计中？"

周通道："前日在兖州府城，被我痛打一顿，他自记恨，道听我们出店，叫汉子在半路里赚我。我不防是他的酒店，被他贼伙麻翻了。不是大侠撞见，早是两命都休。"

田广胜道："这妖道前日在河南时，也来我处撞骗，说我有大难，须得法事解救。我当时与他说，你要解救我，你便有大难。他心里明白，拱手自去了。但凡行旅上有衣冠整齐的人，他便一言兜搭，借端敲索，被害的也不知多少。今日合是他命数当尽，巧遇了我认得他的，不然也不杀他。"

周通道："两个贼伙走哪里去了？一并除尽他也好。"

田广胜道："店里何止这两个人，也杀不了许多。既是逃去了，就算了吧。"

周通听田广胜这般说，也就置了不提。

三人出酒店来，金升在门伺候，田广胜带领金升，与二人拱手道别，自去了。

周通、无怀取路向两下店进发，走不过一半多路，天已昏黑。看看前面无人家，二人思量道："却又冒失了，不知哪里是宿头。"只得往前行进。星光之下，尚辨得出路途。走了一个更次，只见前面树林里有些灯光射出来。

周通指着道："那里倒有人家，且去投门借宿一宵，明日早行。"

二人转过小路，投灯光处来。行近一看，却是个大庄院。二人欢喜，敲门叫道："门上大哥，远路客人，错过宿头，在此迷路，拜烦大哥留一宵，明儿清早便行。一般奉纳房金，乞与方便。"

门上有人回道："客官稍等，禀了庄主，再听回话。"

二人在门外立一时，只见大门双启，一老者出来相迎，引二人至门房上，问道："二位却从何处来？"

周通道："却才自二牌庄来，待去两下店投宿，不想到此已是昏黑，因此迷路。不敢拜问这庄主贵姓。"

那老者道："这里是张大少爷别墅，闲常也不住家，只因天热，避暑来此。适才已将客官来意禀告大爷，大爷正值有事，叫引客官在门房上安歇。"

周通道："如此甚感高谊，明儿一早便行，自当拜纳房金。"

老者道："客官远路迢迢，来此暂宿一宵，岂有收纳房金之理。大爷吩咐，客官行路多苦，必然饥饿，叫小人酒饭管待。小人且去厨下端正饭菜，请客官小坐。"

周通劝住道："不烦费心，我们两个都不曾饿，早些宿歇便是。"

老者道："大爷这般吩咐，小的如何敢不依？客官胡乱吃些，都是现成酒菜，并不麻烦。"

周通拖住老者，兀自劝住，不许劳动。正两下进退时，只听里面一阵步履声，一个当杂的在前提着灯笼，后面引着一个后生出来。

那老者道："大爷来了。"

196

周通看那后生时，猛叫一声作怪，却是白蚂蚁张小五。

周通大怒，跳出门来，一脚踢开那提灯笼的当差，扑面揪住张小五，喝道："正待找你，你这贼却躲在这里！今日冤怨相逢，说不得我欺负你！"

张小五一见是周通、无怀两个，不由得心内一惊，口里叫道："好说话！"

周通道："今日再不与你说话！"

张小五也大喝一声，那当杂的与门房上老者和里面闪出五六个汉子都扑打周通。周通只手揪住小五，一手对付那汉子们，看得亲切，连环飞起左右脚，踢倒三个，扑翻在石坪上。余人面面相觑，不敢向迩。

周通喝道："死的都来，索性把你这所贼房子也火化干净！"

张小五叫道："你们再不要动手，徒自讨死。我来与这汉子讨情。"

众人巴不得张小五这一说，都远远垂手立着，眼看周通。

张小五道："好汉子，委实打得一手好武艺。小五惯走江湖，不曾见汉子这般英雄，且闪了贵手，听小五一言。"

无怀也连忙上来，劝周通道："且听他说话。"

周通方才放了手。

张小五起身，整整衣，拜倒在地，告道："那日相会，却忘了汉子高姓大名，还求指教。"

周通道："谁不知大闹溧阳城的葛周通，却又来问我！"

张小五道："原来是葛英雄，好个大闹溧阳城的汉子，小人失眼。"

周通道："你也不必这般客气，我们兄弟二人但讲的真情实义，不似你妖怪也似，专事骗人。"

张小五起身来一揖道："葛大哥，见人说人话，见鬼说鬼话。小弟前日自悔莽撞，今日但求恕免，所有银两不动些许，小弟加倍奉偿，敬乞里厅薄饮数杯如何？"

周通道："当初你若缺些钱用，我兄弟不是爱钱的人，并不在此。却因你取了银钱，险些害我两个性命都休。今日只望拨还原物，暂借一榻，容天明启行，樽酒敬谢，不敢打扰。"

张小五道："葛大哥直这般绝了我，今是小弟诚心奉敬，别无意外。"

无怀道："张兄休怪，我两个路上吃了苦，只望早自宿歇。"

张小五笑道："我知道了。二位只怕我家酒食有麻药，兄弟先尝，二位后吃如何？今日相逢，如何可以无酒？"

张小五不待二人允许，叫众人退去，速令酒菜管待。请二人入厅来，分宾主坐下，说道："小五虽是个不成器的人，也有三分义气。二位前是路人，今是朋友，切莫猜疑小五。且问二位如何在路害苦，不妨相告。"

周通、无怀二人方将兖州卖技、拳打莫道人，及二牌庄被缚得救各事说了一遍。

张小五道："这莫道人也是该死，他本懂得些相术命理，犯着自身，便不知端的了。"

说话时，酒菜端正舒齐，三人入席，张小五果然把各样酒菜先自尝口。

周通倒不好意思起来，说道："你当真道是我们不信你？你若这般对我们时，我们吃了也不安。"

张小五哪里肯依，直待席终，均是如此。二人深感小五诚心，酒罢问道："似你这般品貌，如何干这勾当，给人笑话？"

张小五道："不瞒二位说，本身也是官家之后，原籍安徽宿

198

州人氏，父亲是福建省福安县知县。因父母亡故，家无薄产，从小读书不成，学武不就。若待应试，肚里欠通；待谋官，又无门路私产。行商不惯，与人做下属又不耐烦。百般不成，没奈何，只落得在江湖上混饭吃。且喜江湖上朋友看觑我，结兄拜弟，着实有义气，大包分金银，大碗吃酒肉，开口动手便是钱。虽则招怨，给人笑骂，背后事谁去管他？此间最没有比我辈行业稳便的，落了这一路门径，凭是做皇帝也不稀罕。如此一年一年，闹了些小名声，明知道理不当，只是改不得。今日与二位说这些话，是小五忠诚之言。凡与小五相交七八年的朋友，也不曾识得底细。"

无怀道："承张兄见爱，敢冒昧问句话，那日包裹里银两，如何调得这般容易？"

张小五笑道："这有什么稀罕。你们来酒馆时，葛大哥放下包裹在桌上，我已识得里面有几多钱两，这是个眼法。我本不想掏你们这些钱财，因我们出门，有个老大规矩，三日之内不能失生意，无论多寡，不能使我的本钱白花。那日我已三日没生意进门，只得将就下手，因此我叫那徒弟下钩子，故意逗引你，这是个钩法。次后他出门取衣服时，已将石子包备在身边，轻重与你那银两相似。后来送你们上车时，我与你们说话，他趁势已将银包掉出，这是个手法。此是最简便容易的勾当，谁也干得。其中唯眼法最难，若进深一层，到了功夫，凭你十二分聪明，也识不透，看不破，这里面的奥妙一言难尽。正是戏法人人会变，各有巧妙不同，原在自己识多见广，渐次揣摩出来。"

无怀道："真个出神入化，且问张兄如何学得这一手神技？"

张小五叹口气道："说起这话，我便想起我师父。我师父陈二郎，是大江南北第一神手，江湖上起他一个绰号，叫作千手观音。是他特将这技艺授我，已有十年，如今我师父归天去了。师父有个兄弟三郎，是个有名海洋好汉，十年前横行南北，叫作孝子陈三郎海浪竿的便是。"

周通听说，忽起立拱手道："兄弟，怪得你好才能，原来陈兴是你的师叔！"

周通因将怎样与陈兴相交，说了一大篇。三人加倍亲近，说短论长，快谈一夜，直至天明。张小五引周通、无怀入上客房宿易，日间又安排酒肴宴饮，坚留二人，歇住两日，方才饯行。张小五将原银发还二人，另与二人做了衣服，又赠百两白银送行。二人再三辞谢，推不过，收了一半。

张小五道："既是二位恁地却辞，小五更赠行箧一只陪行，也便与二位盛纳衣服。"

二人不解其故，小五取出那行箧来，二人看时，是黑底红花手提板箱，也不在意，谢了收下。

张小五道："二位去徐州，沿路茶馆酒肆，不论哪里，但把行箧放在面前，便无人打扰。唯既过徐州之后，须别做布套包上，不可露面，切记勿忘。"

无怀忙问何故。

张小五道："此时不便明言，到那里自会知道。"

二人谢别。张小五已雇好骡车，送二人上道投南去了，按下待表。

却说田广胜在二牌庄与周通、无怀相别，投泰安府来，路经邹县、兖州府、曲阜县，不止一日，来到南驿站。这南驿站地方，北去大汶口东北堡，更东北便是泰安府，直通济南省城，是个关津要道。站口有一座路亭，是古时传邮之处，近来渐自成市，贴邻都有人家，一般有街市店铺。那座路亭，虽是几间矮屋，在旁却新建好几处平房，开设茶肆饭馆之类，管待行旅商客，颇不冷落。

当时田广胜主仆二人驱车来至站口，时当晌午，天气正热，叫在亭外卸车，赶骡车的自去解牲口饲料。主仆二人走向路亭来，入茶肆内坐下。茶博士泡上一壶浓茶，田广胜脱去直衫，掇条椅子，坐在门口纳凉。只见一老者慌忙走入门来，背着包裹，拿顶凉帽，满头白汗，气喘喘地嘘热，也在茶肆门口坐下，叫将凉茶来解渴。正待坐定，后面紧跟着一个汉子追上来，对那老者道："你逃不了哪里，我只问你要钱。"

那老者道："酒饭钱、宿夜钱都算了，这是什么钱？"

那汉子道："对你说是好看钱，向来如此。咱们客店里多少人上下，凭是大官大府，也要照例发付，你如何独是不讲理？"

那老者道："我有的是钱，偏不许你这般混账欺骗的钱。你只顾向官府要去！"

那汉怒道："你不付也罢，看你过得这南驿站去！"说着，返身待走。

那老者大怒，托地跳起，直去那汉脊梁上一拳，抓住道："什么话？你看我去不成，我先打了你走不得！"

那汉怒极，也拼命扑来殴打。两个从茶肆前直打到亭外去了。

田广胜问茶博士道："那汉子是谁？"

茶博士道："是当地大爷。"

因田广胜知是本地泼皮，不在少数，只怕那老者有失手，也走出茶肆，来亭外看觑。只见十几个人已围住老者，却被老者一拳一脚，都打踢圈子外，不得近身。田广胜寻思："好凶猛的老汉，但惜你使完气力，将后怎样对付？敢怕这十几个人故意撩拨你，不是耍处，我与你同是客边，不如劝散了吧。"

田广胜想定，排开众人，来劝老者。谁知那老者不问皂白，猛一拳向田广胜打来，正着田广胜鼻子。

不知田广胜怎的解脱，且俟二十一回分说。

张小五以诈骗名于时，唯一日之伪，即不能取信于周通，非陈兴兄弟为之介，则周通始终不直小五矣。人之不可无信也如是，无信不足以言义，无义不可与为友。周通、无怀之相处也，亦有是而已。小五与莫道人相类，莫道人横死而小五得免者，幸尚其有三分信义也。

下段接叙田广胜，故作平地风波。此回文字，格律又一变。

第二十一回

梁银保破窑诉情
张英儿隔帘择婿

话说田广胜当时走入圈子来劝老者，被老者对鼻子一拳。田广胜略略退后，骈着两指，举手使个劲。只见那老者右拳打出，兀自硬挺着，再也收不回，全身呆似木鸡一般，瞪着眼只能望，不能动。众人都看得呆了。

原来田广胜乘老者拔拳打来时，趁势去他身边点了个肾门穴。这肾门穴一点，凭你是百炼金刚之体，一时也不得动弹，是内家拳经上秘诀。但凡内家点穴，依人身七十二穴，有七十二样点法，也有被点了发笑的，也有哭的，也有发急喘立不住身、伏地蹲下的。按血脉结穴之处，各自为状不同。

当时田广胜看那老者来势凶猛，猝不及防，只得将计就计，点了这一穴。众人见老者被困，却喜遇了强中手，都来与田广胜诉说，趁此便作弄那老者。

田广胜喝道："众伙不得无礼！"

对那老者道："我见你打得气力将尽，只怕吃这些汉子们的亏，因此来劝住你，你也不问一问根由，直来一拳打我。若不是我有备防，岂不是冤枉把我这鼻子断送在你手里？我有话与你说，你休怪我，再不要动手。"

田广胜说罢，仍骈着两指一点，点回穴口。方见那老者收回右拳，懒懒地使个虚劲，望着田广胜道："你却卖弄本事来吓我，我不信，你若是有心拆劝，如何先不叫住，却扑入圈子？"

田广胜笑道："你这般使力打来，我怎生不提防？"

那老者道："却是你太恶作剧，若不是我有些气力，不是被你点死吗？"

田广胜道： "好了好了，别再说了。我们回茶肆去谈一会儿。"

田广胜引那老者入亭来。众人见田广胜与老者是一路，面面相觑，各自散去了。

田广胜回至茶肆，问老者道："老人贵府哪里？因何来此？"

那老者道："老汉姓范，江苏无锡人氏，因访友来山东，在这南驿站下宿。叵耐那贼客店伙计欺负远路客人，既付还了一应店资，更要我出好看钱，不是我把钱看重，只恨他们太欺人。"

田广胜道： "正是这话，那些小人们眼里只有钱，实是怄气。"

范老道："今日是我冒失，端的你是好意，险些打错了。"

田广胜道："实是我急得来劝你，看他们行径有些蹊跷，先不叫住，也难怪你下手。可笑那些汉子们倒来趁火打劫，道是我与你作对了。"

范老笑着点头。

田广胜道："你现去哪里？"

范老叹口气道："我访寻的那人不知生死存亡，正不知去哪里才好。"

田广胜道："是你亲戚，还是你自家人？"

范老道："说来话长。"便将找寻王无怀事从头说了一遍。

田广胜笑道："今日合是你要找到了，却遇了我。你说的王无怀，不是与姓葛的汉子一路走吗？"

范老急得道："这话正着，为是那葛周通是济南人，我恐他二人同去济南，无计奈何，只去那里找一时，何曾有些影子。既是你老这般说，定是遇了他们，不知在哪里厮会来？"

田广胜道："曾在二牌庄酒店里遇了他们，问知将去徐州府投寻亲戚。"便将二牌庄莫道人逞凶事约略说了一回。

范老道："幸喜今日遇你老，倒有地点可查。既是他们赴徐州，已南下好几程了，我尚在这里，相去千里，须得速行赶上才是。"

田广胜道："你知他们去徐州府投哪里安身？"

范老道："到得徐州，我自能道询他们，倒不难了。"

范老立起身，对田广胜一揖道："改日再与你老赔话，只此告别。"

田广胜送出亭外，叫金升去叫些酒饭吃了，也自赶上骡车就道。

话里只说范老，喜知无怀、周通去徐州，一路趱程前进，昼夜不停，不则一日，已来到临城，去徐州尚有一半路。范老心急，不肯投宿，连夜启行，向临城东南官道前进。走到五更天明，来至村庄中，道询土人，名唤孟河口。范老肚饿，等村口小店开门，买些酒食吃了，拔步又行。走出村来，约过十来里路，只觉东北风紧，黑云满天，雷电交加。范老一看，大雨将至，即在顷刻。想自己单衣薄裳，经不得雨水，在哪里躲避一时才好。四望都是田野，只见左面大树下有几间茅棚，高高一座烟囱，兀自冒着烟。范老寻思无计，只得投茅棚来，早是一声霹雳，雨点

205

儿以冰雹般打下。范老疾步如飞，走近茅棚看时，门前堆着砖瓦，却是个瓦窑。范老入门，叫声大哥，只见灶下一个后生，缓缓走出前来，问道是谁。范老看那后生时，好生面熟，却一时记不起。那后生也望着范老，目不转瞬地看上望下，只不说话。范老思量："莫是这后生也认得我？果是哪里厮会来？"

范老道："小哥方便，雷雨打头，暂容过往人躲避一时。"

那后生不说话，一发看住范老，半晌说道："你老可是无锡人？"

范老也惊道："活似哪里见过，你难道也是无锡人？"

那后生欲语不语，叹口气，流下泪来。

范老猛然省悟道："哎呀！你好似梁家少爷，如何在这里？"

那后生大哭起来，答道："我正是梁银保，你可就是西街范老爹？"

范老道："只我便是，你如何遭得这般田地？却是谁骗了你来？快与我说！"

梁银保哭得泪不可仰，说不出半句话。

范老放下包裹，说道："你说与我听，是谁欺负你，我与你去。"

梁银保道："且坐说话。"

范老坐下，梁银保端了一碗茶来，递与范老。范老细看梁银保，穿的是一件灰布短衫、一条半黑半白的裤子，脚下草鞋，头上短发蓄长三寸，满身染着泥垢，又有些跛脚。看了只摇头，不禁流下泪来。

梁银保泣道："我悔当初不听你老的话，今日到这般田地。于今我的父亲死了，家产都被孙济安、周青皮两个害光了。兀那两个畜生屡屡作弄我，这般那般地想出法子来骗我。我知道再不近得他们，回了他们不去，谁知他们唆叫竹筱花的老娘上门来打拓，一次两次叫骂要钱。我一时性起，把这老猪狗死命踢了一脚，哪知她冤怨有辜，回家去当日死了。孙、周两个畜生却叫竹筱花到我家，闹得天翻地覆。我父亲因此一气归天。争奈他两个畜生偏硬着做见证，说我打死竹老娘，又说我害死父亲，口里只说要捉我到官去。

"我实实切齿痛心，恨不得杀死他两个，一不做二不休，抵注家私荡完，拼着一条性命。我便雇了十几个人，伏在厅堂后，等他两人来时，忽地跳出屏门来，捉住他们，刀的刀，棒的棒，不消一个时辰，都与我打死。当时官司闻知，便来捉拿我们。那些拿刀棒的人原是我家胡成邀了来的，他们把人打死后，赏他金银，他们正待讨钱，衙门里捕差已到，当场捉去三个，余者都已逃走了。我险些被捕差拿去，幸亏胡成再三讨情，买上嘱下，尽将家产暗中分与衙差，方才逃得出门来。胡成本陪我一路同逃，不防走半路里，被那些打客们拦住，问他要钱，不准他行。我迫不及待，只得一人夺路而走，连日连夜，走了不知多少路，也不知是什么地方。听说是江苏、山东交界一个去处，因完了钱串，动身不得，又没饭吃。好巧遇了这瓦窑里窑司务，收账路过，看我是初吃苦的人，亏煞他发了慈悲，留了我来，叫我在窑里烧火帮闲。今日窑司务出门去了，有两个伙计也去前山下送砖瓦，因此只我一人在这里。不想遇着老爹，却是何来，我好生难受！"梁银保说罢又哭。

范老笑道："好痛快！梁家少爷，看不出你倒是个有决心的人，仇已报了，百事都完了，哭他什么？你在此烧火不妥，不如与我同去，好歹我来扶持你，在晴便走。"

梁银保道："怎地时我有生路，老爹恩义，有一日在世，报

207

答你。但我要走，须得等窑司务回来告知他。这时雨势滚滚，风势汹汹，雷电不停。"

梁银保看了叹道："老天也作恶，这般风雨，哪见得窑司务便回来也？"

范老道："你莫急，雷雨但一阵，能得几多时，停刻便晴了。"

二人说些闲话，范老也将来由告知了梁银保。等了大半日，看看雨霁，窑司务回来，二人把话告知。窑司务自是无有不可，送二人上程。

范老见梁银保一步一跷，脚底害了热疮行不得，心内焦灼。走十余里，来至镇市，买些菜饭吃了。

范老道："你这般落拓，比花子也不如，成个什么东西。这里现有衣铺提庄，胡乱先与你买一套穿了。"

范老掏出钱，来衣店上拣了一套便衣，也买了一双鞋子，叫梁银保换上，又道："我算起来，现有这些钱，若与你两个雇骡车到徐州，只怕不够盘缠。若是长走，你疮发走不动，我又要赶路程，不可迟缓。不如雇一站，走一站，却是道理。"

二人商量，先雇车进发，向晚下宿头，夜里只好休歇不行，次早又搭伴行走，午后雇车。如此几日，来至包家埠，距徐州府城只五十多里路了。因时已黄昏，不得启行，寻至市梢头，有家客店，门对小巷，墙旁溪水，粉白砖壁，黑油店门，是个清静去处。二人入来，在外厢拣一客房下榻，对窗正是店主家掌柜处，贴柜台里面悬空垂着碧色帘子，隐隐有人在里面闪动。

二人开窗纳凉，吃些晚饭，只见小二笑吟吟入来说道："本店的掌柜与客官说句话……"

一言未了，那掌柜的已自跨入门内，一揖问道："客官府居哪里？有何公干来此？"

范老道："本籍无锡，将去徐州访友，在此路过。"

掌柜的道："二位想是一家人？"

范老道："不是，他姓梁，我姓范。"

掌柜的道："谅是亲戚？"

范老道："也不是，无亲无戚，只是同乡。"

掌柜的道："请问老人家，这位梁客官可曾娶亲没有？"

范老道："他家室空空，单身一人，不曾娶妇。你问他敢有甚事？"

掌柜的笑道："巧极巧极，这便是天送姻缘。且问梁客官现年几何？"

梁银保答说年岁，掌柜的点了好几个头，拱手道："去一去再来回报，二位少坐。"掌柜的飞也似跑出门外去了。

范老睁着眼道："见他娘的鬼，又是个黑心店，来打算我们。老爷只有拳头，再来时，好便好，不好，先打死这贼掌柜。"

说着，掌柜的进来，去范老身边坐下，说道："恭喜恭喜！"

范老道："你不要这般娘娘腔儿，快直说出来，合是怎么打算我？"

掌柜的道："客官休怪，本店主人姓张，有位大小姐，芳名英儿，尚未许人，远近做媒的踏断门槛。争奈大小姐自有主张，都要亲眼看过，却没合意的人，因此不曾许配人家。适才二位进店来，大小姐在帘子内已看得这位梁客官，是聪明俊俏人物，十分在意，故叫小人前来道询。正好梁客官单身一人，未曾娶亲，岂不是天送良缘？烦你老也做个媒人，成就这段姻缘。"

范老道："你莫来赚我，千千万万婚姻，也不曾听得女孩儿家自做主的，难道爷娘便不管，亲戚朋友都不知，单叫你掌柜的通个信儿？哪里这般容易！"

掌柜的道："原是她父母都亡故了，家里只有个兄长，近日出门去了。本店一切事务都由大小姐经手，她本是店主人，怎的不好做主？小人一番心诚，客官休要惊疑。"

梁银保听说，喜出望外，巴不得范老答应下来，只顾瞅眼看范老。

范老道："既是这般说，我们商量一会儿，再与你回音。"

掌柜的道："请你老做主，小人专候佳音。"掌柜的自出门去了。

范老道："也奇，这样的小姐们，自家喜欢哪个便哪个，我六十将近的人，也不曾听见过。即使这掌柜的话果然是真，也不是个端好的小姐。敢怕她其中有什么道理。"

梁银保道："管她有道理没有道理，我近日无家可归，无事可做，累随范老，也不是事体，不如将计就计，在此安身也罢。我一无钱财，二无衣物，终不成把我杀了去卖。"

范老寻思，自家正待寻无怀，寻得着寻不着还是不定，带梁银保一路走，却有不便之处。趁口便道："既是你愿意，我岂有破人姻缘？但你自要小心。"

梁银保大喜，即浼范老与掌柜的一口应允。

看官们听说，这张英儿如何这般倜傥，自有来历。她即是白蚂蚁张小五的亲妹子，也有一般技能。自父母双亡之后，单剩他兄妹二人，在江湖上漂泊。后来白蚂蚁技成走道，张英儿也传得些衣钵，在这包家埠开设客店，专事招呼同行朋友，远应近接。有时也干些小路买卖，着实掏些钱财。这姐儿一等花貌，万般旖旎，因自家有才有色，看不中他人，亦且北边水土干苦，粗鲁的多，美好的少，不得合意人物。今巧逢梁银保生得风度正好，也

210

是数定，合当配婚，便一见倾心，叫掌柜的说媒。

当时范老去与掌柜的答允婚事，掌柜的大喜，即浼请人择日定时。却好第二日大吉大利，两下心满意足，更无余话。天明张灯结彩，打扮新郎，皆是张家所备，即在客店中成亲合卺。

梁银保一见张英儿是这般可喜娘，真乃天降之福，喜星高照，乐不可言。

范老也自高兴，被一对新夫妇挽留，一住三日，皆是宴饮。第四日，方出张家店雇车起程。

从此，梁银保便在包家埠张家店入赘，后来张小五回店，看梁银保果是俊俏，教他一路上道，终身为江湖上稳便行业，却也自成一艺，表过不提。

且说范老离包家埠，来到徐州府城，不停片刻，直至步哨营，仍问徐焕照，转探周通、无怀下落。

步哨营号房道："你们早来一个问徐管带，晚来两个问徐管带，是什么道理？这里又不是徐管带家，他早自去广东了。"

号房内又一人道："早前有两人来问，次后又有一人来问，今日更是这老儿来问。我倒要问你们，莫是与徐管带有些冤仇，竟这般穿梭似的不了？"

范老道："我不是问徐管带，是问他的朋友姓葛、姓王的。"

那人道："前日两人来问，也说不是问徐管带，单问一个老儿和一个女的，直这般啰唆不清。"

范老应声道："正是那两个人，现到哪里去了？"

那人道："对你说不知，你再不要问我们。"

范老无法探询，思量二人必在城中，且去找寻。

住了两三日，走尽街头巷尾，哪里有两人踪影。

这日，正去茶肆上听些闲言琐话，只觉一人背后猛叫。回头一看，喜得范老手脚慌忙，抢前一把挽住。

不知那人毕竟是谁，且俟二十二回分说。

　　此回收束梁锡诚、梁银保、孙济安、周青皮，以竹家母女作引，张家兄妹作结，贯之以范老，介之以窑司务，使千里以外之人相见于俄顷，十数回以上之文字，而落于一笔。吾昔喻于善弈者，正若此也。

第二十二回

凤阳城薛成访旧
石落村周通遇祸

话说范老在茶肆前，忽听背后那人猛叫，回头看时，正是薛成。当时一把挽住，各自欢喜不迭。

薛成道："你见无怀在哪里？"

范老道："我只道你见来，正待问你。"

薛成道："作怪，怎么寻不着他？又是周通引他去旁的地方了。我也去步哨营探问，那营里几个杀贼说话不清楚，反厌我去打扰。别的去处我又不知道，寻得三五日了，只寻不着他们。"

范老道："你怎会来此地？"

薛成道："说不尽，难道你自凤阳府来此，一向住在这里？"

范老道："哪个住在此地？我也前日方到，特来寻他们的。"

薛成道："陈家小姐呢？"

范老道："不在这里。"

薛成道："究是怎么一回事，闹得乱杂杂的？我们泡碗茶说话。"

二人入茶肆来，对面坐下。

薛成道："与你在凤阳府一别，直到现在，这许多日子，你干的什么？"

范老道："我们的事你再也料不到，敢是前世有些冤孽，合当磨难，我说与你听。"

范老即将那日凤阳府城别后，两个到徐州投寻不遇，又到南京，遇徐水乙，打谷大红子，凭空遇到李二、李大、居敢当、陈兴，因将珊珊送居家居住，自己出来找寻。直去济南省城，在路遇到田广胜，方知周通、无怀在徐州，因此又投寻前来，长长短短说了备细。

薛成听毕，拍着桌子道："该应，该应！早知你们在居家，他们再也不来徐州。他们来徐州，原是我起头撺掇的。"

范老道："你在京城贝勒爷府里，怎么遇见他们？"

薛成道："你不知，他们来徐州扑个空，在路遇着镖客傅有盛，即去北京。周通在镖局，无怀在陈家教书，两个都有些事，因我也在路里遇了田广胜，叫我带一封书与傅镖客，以此遇了他们。"

范老道："竟是这般纠不清。今番你怎么又出来？难道贝勒爷府里又有公事？"

薛成道："什么贝勒不贝勒，被我打了一场。"

范老道："打死了不曾？"

薛成道："打死了也完了，只打也不曾打着，倒闹得大惊小怪，气得我肚子也劈破。"

范老道："必是贝勒不肯饶你。"

薛成道："你再也不要问他，提起来我便一肚子气。你现住哪里？"

范老道："在前面客店里，且问你呢？"

薛成道："我么，东一夜西一夜，庵庙寺院，到处住得。"

范老道：“哎呀，你完了盘缠？”

薛成道：“也不止今日没盘缠。”

范老道：“我们快去吃些酒饭！”

薛成道：“先上你客店再说。”

范老付还茶资，二人走客店来坐定。范老叫令酒食管待，薛成吃个饱，方把一切情由告知范老。

原来薛成自那日由傅有盛秘运上道，薛成在大箱内闷慌，不时间拳打脚踢，在内叫嚷，要傅有盛开箱出来。傅有盛一路用言语安慰，薛成在内听不清楚，哪禁得他急性子，几把箱板踢破。幸喜那三个太原客人都是在后面车上，不曾见得。傅有盛被薛成吵闹不过，到晚打尖，特把这大箱肩入自己房里，半夜后人静时开出箱来。

薛成一脚跳出，对傅有盛道：“快放我走，这般地闷在里面，我死得快了！”

傅有盛笑道：“叫你耐心，不要焦灼。”

薛成道：“我又不是死人，也得给我吸口气。这里面比棺材又狭窄，坐得头脑都晕了，再叫我耐心，我实是耐不得。”

有盛道：“谁叫你打人，却是你自己找的苦，待怨谁来？明日尚有一天路程，可到石家庄，过了那里放你。”

薛成道：“我的爷，你就做些好事，便在这里放我吧！我这会子死也不进去了。”

傅有盛道：“兄弟，不要慌，老实对你说，我待不放你，也不开你出来了。已备得酒食在此，且先吃了，天明自出店去。”

薛成大喜，取过酒食，一次吃尽。

傅有盛道：“你此去哪里？京城里再去不得了。”

薛成道：“我打算去凤阳府，投我旧东家薛应瑞。”

傅有盛道："去只去，路上再不可吃酒闹事，切要小心。"

傅有盛拿出银两，与薛成盘缠。天微明时，薛成拜别傅有盛，乘众人未起，偷出店门，紧步上道。傅有盛自去护送客人往太原不提。

薛成算定路程，不敢怠慢，昼夜兼行，投凤阳府来。不一日，来到府城，去衙门拜谒薛知府。

门上问道："姓谁？"

薛成道："姓薛。"

又问叫甚名字。薛成道："你只报知府尊，但说本家旧属拜望……"

一言未了，只见里面一人闪出，喝道："你这贼莫就是薛成！本府现有公文捉你，快与我拿下！"

薛成听说，大吃一惊，那人却已赶来揪薛成。薛成见不是道理，撇开那人，返身便走。门前兵役抵挡不住，被薛成一手一隔，冲出衙门，飞也似逃命去了。

且问薛知府如何反捉薛成，却因这时凤阳府并不是薛应瑞了。自薛成在贝勒府大闹一场，官司最会掘根追究，情知薛成是安良荐来的，贝勒即传安良，责令拿获严办。安良急得没法，自然推说是薛应瑞的人。贝勒即令召薛应瑞入京。薛应瑞闻知这项消息，有十二分干碍，当夜走安庆省城，求抚院讨情。抚院见薛应瑞年老，在京亦是清明，平素并无过失，允与奏保，恳恳实实上了一折，再三讨情，幸喜无罪。将薛应瑞削去本职，饬回原籍。当下薛应瑞即办交卸，自回河间去了。

这里凤阳新知府到任，奉上司文书，捉拿薛成。新知府一力想讨好贝勒，早通知上下，知有姓薛的来衙门，不论是谁，拿住审讯。恰巧薛成投谒前去，公差头领看得薛成面貌蠢恶，形迹可疑，即叫拿住，却哪里是薛成对手，早被冲出衙门。当下薛成逃出城外，落荒而走，一路探问，方知凤阳府已调新任，不是姓薛，薛知府原已革职回籍。薛成这才明白，再不敢逗留片刻，心内寻思："薛应瑞家在直隶河间，路接京城，不便投去，不如去徐州寻周通、无怀，且作计较。"薛成想定，飞奔投徐州。

凤阳府差役因薛成走的小路，追赶不着，只得回衙。

薛成到得徐州，身无半文，寻觅周通、无怀不遇，只在徐州城漂流，却喜遇了范老。当时范老留薛成在客店酒饭，薛成把话说过。

范老道："既是你在徐州城遍寻无着，想他两人必又投别处，幸或去镇江居老家，也未可知。我们又何必住在这里？不若且回镇江。"

薛成道："我与你先至浦口，去李二家询问，再去未迟。"

范老道："也说得是。"

二人即日打算起行。

且说周通、无怀自从在白蚂蚁张小五家出门就道，记取小五言语，把那只行箧携在身边，行坐常在一处。这日走上第一站，正是正午，在路吃饭，饭罢付钱。

酒保道："已有人替客官清算了，不敢领赏。"

二人不知其故，问酒保又不说是谁，只得罢休。到晚宿歇，吃罢酒饭，又是有人付清了。

次早动身，店小二回说："店资都已清地，不劳费心。"

周通问小二，小二但笑不说。如此一路行行宿歇，不论茶肆酒馆、客店路亭，暗中都有人招呼。直到徐州，不花一钱。二人寻思："这般地吃人酒食，白宿旅店，且不知那付钱的人是谁，怎生安心？"

及到徐州时，正是上灯时候，二人下店，吃些酒饭，又有人代付酒饭钱。

周通对小二道："是谁代付？"

小二道："小人不知，是掌柜的吩咐。"

周通道："你去问了来，若不说出那人姓名，我不领这酒饭。"

小二去了半日，引了掌柜的来二人房中。

掌柜的拱手道："达官有话吩咐，小人立刻去办，不知有甚不周到之处？"

周通道："并没说你不周到，只是我这酒饭钱谁付与你，你说出来。"

掌柜的道："小人不便说明。达官查问，定然是小人伺候不周到，听凭达官发付。"

周通道："我一路来徐州，一路有人付钱，问他们但不肯说，是什么道理？今日你不说出来，我定不许。"

掌柜的道："客官真的不知？"

周通道："谁来与你说谎？"

掌柜的道："达官这一只行箧，不是张五少爷的物件吗？"

周通道："正是他送我的。"

掌柜的道："为是如此，五大爷在江湖上是有名英雄，一路上都有徒弟小伙，这箱名作信箱，唯有五大爷亲自出来，携带在身。今送二位达官，想是五大爷特地恭敬，路上徒弟小伙一见信箱，哪敢怠慢，当然遵例伺候。每一处都有头目，都有当值的人，不需问得，自是头目与当值人招待，各有姓名可查。若是当场问讯时，定是那招待的伺候不到，以此小人不敢回说。"

周通笑道："原来如此，只怪我不懂。既是你们向例不说真名姓，也罢，但我心中不安，如何可打扰他们？"

掌柜的道："这是遵例办差，越是达官酒菜唤多，越是当值的荣耀。不但五大爷有这信箱在此，便是徒弟、小伙们出门，一般兄弟也须按程招呼。达官不必介意。"

周通笑道："却是江湖上有这许多规矩，怪得我们不知。"

掌柜的道："既是五大爷赠送二位，如何两位不问仔细？"

无怀接口道："五大爷送我们盘费，我们不肯收，因此送这一只信箱。若是说明了，又怕我们不收。"

周通道："正是这话。"

掌柜的与周通、无怀说些闲话自去。二人方才宿歇。

次早，去步哨营询问范老、珊珊，哪里问得出影子，只得回来。又在城内外从旁道询，闲住了三五日。

周通道："在此不了，不若顺道去李二家，托他一路道听，再去居敢当那里住一时。"

无怀道："也说得是。"

二人计定，出徐州城，投西南来。行不过三十里路，来到一处，名唤石落村。二人入村吃饭，正在饭店内坐定，只见门前有四五个汉子，指指说说，对二人探望。周通想道："作怪，难道又来与我付酒饭钱？"也不睬他们，只与无怀说闲话。

一时饭罢，忽见一汉子走桌边前，一揖道："二位客官，请去我家一坐，有话细说。"

周通道："什么话？你只直说，我们要赶路，不便勾留。"

那汉子道："我家距此不远，匪害客官行程，小坐何妨？"

无怀道："与足下素不相识，不便冒昧。"

那汉子道："我名陆德发，本地人氏，也在江湖上行走，均是同道。现在些话相告，这里不便说，请至家拜茶，二位但去无妨。"

周通对无怀道："既是他这般说，我们去一去便走。"

无怀道："但凭葛兄做主。"

二人走出店来，那人引路，直走了两三里，又似个村庄。

周通道："我道是就在饭店贴近，直这般远。这里无人，你有话便说，我们早得上路。"

那人道："到了到了。"

引二人转弯，来一家看时，白粉墙，红漆大门，周遭种得好树木，是个大院子。二人随后入门，直至内厅。周通放下行箧，与无怀坐下。那人入内，约一盏茶时，忽听一声叫喊，前后左右拥出四五十个汉子，围住二人。

上面一人，约五十多年纪，高坐圈椅上喝道："你这两小厮，托张小五贼势，擅敢将信箱递到我界上，乱我清规。我一草一木，不去动他，他倒来犯我！"

周通喝道："胡说！什么信箱不信箱？谁管得你们这些闲事？我们自是行路客商，难道便没有箱箧？你这老贼，叫人赚我们来，我便不怕你谋财害命！"

那老人大怒道："岂有此理！你们明明提着小五信箱到我界上，也不罩一个青布套，反敢乱说！须知我与小五那贼势不两立，今日你们前来挑战，由不得你们做主！"

喝一声："左右与我绑起来！"

四五十个汉子齐应一声，围扑二人。周通大怒，跳起身，使个两夹雪，打翻三五个汉子，余众猛扑身来，被周通隔架，借用来力，着手扑翻，势如狂风扫叶，哪里有半个人近得周通？打了一会儿，四五十个汉子渐渐散开，只剩得二三十个人。回头一看，却不见了无怀。周通怒极，扑上身擒上座的老儿，只听暴雷价响，前后又拥出二三十人，个个手执器械，不是长枪便短刀，四下里发声喊，来战周通。

不知周通怎的脱身，且俟二十三回分说。

此回收束薛应瑞，引归薛成，而使葛、王二人分离，应到第一回文葛、王相遇前情景。

全书葛、王相伴，至此收转将结，先使之离，自有章法。中如薛应瑞以师事安良，终于一官落拓，仅免于难。周通、无怀以重小五之情，纳其赠箧，终于横遭其祸，可知人生交友，当慎于所始，虽其人以盛谊与我，而其品故不端，终必蒙其害，深有警于世事也。

第二十三回

张小五赎囚送孤客
王无怀读壁悲双雏

话说周通被困众人丛中，见众人使枪执刀杀来，周通大吼一声，一把抓勒住两三杆枪支在手，与众汉子厮杀。谁知那些汉子们又不来杀，兀自扬开，只挑出五六个人，扑上前来斗周通。这五六个人战得乏力了，又别换五六个人来斗。如此一班替一班，觑得周通乏力，发声喊，一齐前来。争奈近不得周通身，周通也杀不着一人。

两下斗了好久，毕竟一人有几多长力，周通看不能取胜，且战且走，打出门来。众人也不拦阻周通，只让他走。周通寻思："这些泼贼倒刁乖，只顾搦战，又不近身，原是要打退我。如今又杀不了他们，如何救得无怀？"窜出门来，一路思量，不知走了几多路，忽见前面一座小山阻住去路。侧面看时，山下隔林里见一人探头探脑张望。周通想道："我正没气出，你这贼来得巧，谅是一般狗党，先杀死你！"喝一声道："废贼，看什么？莫是一颗脑袋留不住，待我来砍？"

没半句话，只见那人猿猱也似钻出林子来，直到山脚下，来敌周通。周通紧前三步，立个架势，迎击那人。两人扑通叉住，一来一往，整整斗了三十多回合，不分胜负。周通想道："好个猛小子，却是这石落村边，倒有这般汉子！"

正设想时，只见那人霍地跳出圈子，喝道："且住！我问你，你这一路拳棒如何这般像我？却是哪里学来？"

周通道："我师父是有名百岁钱和尚，谁不知道？"

那人道："是哪里的百岁钱和尚？江湖上并没这人，不但不见过，并没听说。"

周通道："谁与你说江湖上的话？师父是我的师父，关你甚事？"

那人道："且问汉子姓名？"

周通道："谁不知大闹溧阳城的葛周通？"

那人咯咯大笑道："怪得好拳棒，原来是一家。"

周通道："这话怎讲？你叫甚名姓？"

那人道："姓史名卜存的便是。"

周通听了道："原来是史兄弟。常听薛大哥说，史兄弟义高艺高，少年英雄，端的了得！今日相见，胜似闻名。"

两下执住手。

周通道："却才去哪里？"

史卜存道："为寻你们，好艰难，居敢当、陈兴都说你与无怀一路，今日方才寻到。"

周通道："原来史兄弟也认得居、陈二人？"

史卜存道："不但认得他两人，范老、珊珊都在居老家中，我与范老出来寻你们。"

周通道："冤哉枉也！早知道你们都在居老家，我两个也不去徐州了。"

史卜存道："现今无怀在徐州吗？"

周通道："说不得，却才闹了一场，被人劫去了。正是气苦，天叫史兄弟来会我，合是那贼伙数尽。"

史卜存道："在哪里被人劫去？"

周通道："便在前面。"即将出事情由说了一遍。

史卜存道："这有何难，我们速去。"

二人疾步行来，走到那一座院子前，只见大门紧闭，寂无人声。

史卜存道："你在外等一等，我去探看。"

史卜存耸身一纵，跳入高墙内，少刻出来道："一个人也不见，你莫是认错了？这是个空院子。"

周通道："分明是这个去处，哪里还有第二个院子？"

史卜存道："且去道问邻近。"

二人来院子对面磨坊上探问。

磨坊里人道："这是石落村石家财主的院子，向来关锁。今日有人借这里请客宴饮，方才酒散了，已自关锁门户。"

周通道："是谁借这里宴饮？那些吃酒的人到哪里去了？"

磨坊里人道："多是石落村人，我们也不认得，也不知去哪里。"

二人又问左右贴邻，一般回说不知，只叫得苦。

原来那院子里汉子们都是石落村附近闲散的人，同张小五一流人物。那为首的老儿姓陆，名正明，便是酒店里赚周通的汉子名唤陆德发的父亲，向在江湖上干小路买卖，手下也有几个能耐的人，硬软都来，到处通声气。只为张小五脚路渐广，与陆正明对树旗帜，屡有争端。有人讲和，划徐州为界，各不相犯。这回周通、无怀南下，忘记小五临别之言，不曾将信箱加布套，在酒店上为了陆正明手下众伙所见。陆正明闻知大怒，即叫儿子陆德

224

发甘言引诱，一面在石落村东面村庄上石家空院子内借个行事去处，托言请客宴饮，专为拿获二人，当作押头。敢怕张小五纠众来劫，一心待院子内行事后，潜移别处。不图周通出落得好拳脚，打得生龙活虎也似，无人近得身来。汉子们看不是道理，一面与周通对兵，一面早将无怀架去陆正明家内，关在密室。又一面分人运刀枪厮杀，抵抗周通，只待周通退走，众人乘间便散。偏是周通使劲战斗，不肯便去，因此陆正明使出一计，叫众人分次格式杀，敌退周通。但见周通远去，即关上大门，早从后门各自窜散，以此左右邻近都不明其故。便有晓事的，也碍着陆正明声势，谁敢说出来。

周通、卜存二人一来人地生疏，二来被陆正明到处派人埋伏蒙蔽，哪里便探查得着？

当时陆正明回家，叫汉子们提出无怀，问明来处，无怀自是依实告说。

陆正明道："看你是个读书人，既与张小五素不相识，谅不是同党，暂在我这里居住，我自有用处。"

无怀央告道："小子同来的把兄葛周通现在哪里？请烦大王恩典，引与一见。"

陆正明道："那人是个莽贼，已被我打逐出门，不在这里。"

无怀泣道："这便累死我也！何日再得见他？"

陆正明道："我不亏待你，你哭什么？"

叫左右仍押入密室关锁，吩咐众汉道："你们速去报知张小五，限他半个月内着备白银千两，回赎他的朋友和那信箱。若过限不赎，将他的朋友杀死，把信箱打碎，去他那境界内宣示大众，叫他弄不得在江湖上做人。"

众汉子答应，即赶程传报去了。

且说张小五自送周通、无怀南下，因北上生意不佳，也转来南边，一路行宿，随时见事伸化。路中又干了好些买卖，查看各处头目当值的人，道问周通、无怀过路情状。张小五本各处都有庄院，无事入院，有事下店。约莫一个半月光景，来到包家埠，探看妹子张英儿，已知招赘夫婿。张小五见过梁银保，果然翩翩一表，眉目俊秀，好生欢喜。兄妹相见，自有一番言语，各叙琐事，与妹婿梁银保同在家宴饮。

听人来报："王姓客官误将信箱提入陆正明界内，被陆正明扣留在家，叫取一千两白银回赎。如果不赎，即将王姓客人杀死，信箱打碎，宣示大众。"

小五闻报大惊，自肚里寻思："如果打碎我信箱，倒不在意，我本把这信箱送他们，但过一程，便作无效，另造箱笼取信。他便要一路宣示，也无用处。只是这姓王的，我本是好意送他上道，不想他忘我吩咐，如今被陆正明羁押，倒反害了他。那陆正明是个看重银钱的人，我若不赎，果真看他死，不是反给江湖上笑话？"

张小五想定，对来报的人道："你传去徐州石落村陆老头得知，我到期准来回赎，不致延误。"

当下小五整备银两，由包家埠起身，即投徐州府来。到得界上，小五先使人传知。

陆正明道："速将一千两白银来，自把人交还。"

小五思量，这陆正明有意寻衅，只怕将钱去，仍不放回，定要先交过人，方才付款。陆正明又恐人财两空，不肯先叫释放。两下争持好久，小五只许先缴一半，待放出人来再行续缴，取回信箱。陆正明只得应允。

当日小五着人送款，取回无怀，至自家界上，方将款项缴清，提回信箱。小五问明情由，无怀一一告知。

小五道："你既与葛兄失散，一时哪里去寻，只得先自起程，这里再住不得了。"

无怀道："多蒙张兄恩义，一再扶持，小弟有一日能自立脚，当不忘报答。葛兄本与我约投浦口李二家，或是他已先去，亦未可知，我只得去李二家寻他。"

小五道："这便最好。王兄知道，不是小五不肯留王兄在此，那陆正明贼胆计多，眼见王兄出得他家来，免不得去寻葛周通。那葛周通是个了得的人，陆正明如何安心，只怕从中再暗算王兄，不如尽到浦口暂歇，我与你随时留心探寻。"

无怀拜谢待行，小五道："且住，天时寒冷，北风正紧，你身上单衣薄裳，如何御寒?"

取过棉衣，叫无怀换取上，又发付银两，当路上盘缠。无怀一一拜收。小五又派一亲近徒弟护送无怀出陆正明境界，雇好骡车，送上一程，徒弟自回，随小五向北去了。

且说无怀登程，一路投浦口来，寻到李二家，入门看时，只见一个婆子在堂屋上纺棉花，并没别人。无怀想："是走错门路?"正返身退出，婆子放下纺机，起身问是找谁。

无怀道："这不是李家吗?"

婆子道："哪个李家?"

无怀道："便是猎户李家，兄弟三人，二哥名唤李二，在江宁县衙门当差。"

婆子道："不差，有这么一李家，先是住这里，现搬到镇江去了。"

无怀道："为甚搬去镇江住家?"

婆子道："他们出屋时，我们方进来，听说是为官司调差了，

227

不知端的。"

无怀问婆子家更有何人，可曾知李家兄弟的事。

婆子道："儿子、丈夫都出去种田，家下没人，谅也不知。"

无怀没法，只得去左右茶坊酒肆探问。方知是江宁县知县调任镇江府丹徒县，为李二能干办公，挈同前去。李大、李四本是猎户，随处安身，家无余物，便同随江宁县，去丹徒县城内住家了。无怀回思无计，天色将晚，即渡江来南京城外，寻一客店投宿，店小二接进。拣一干净客房下榻，心内思量："命穷计蹙，如何得了？欲去丹徒县，路途不熟，又不知李二果真在那里也不在。要去十二圩，又恐前案未了，路途危难，心念周通，不知曾来浦口也未？"无怀思量时，歪在榻上，无精打采地计议一会儿，又在房内踱来踱去想了好久，竟无法可施。忽抬头看时，劈面粉壁上有数行小字，胡乱走近一看，乃是题诗两首。无怀念道：

昔年闺阁今何殊，辜负亲心惜掌珠。

无怀道："原来是个女子，怎么也在这里？"

又看下面道：

谁道生离更死别。

无怀道："哎呀，可怜，竟遭遇如此，这人也与我同一伤心，却是与谁生离死别呢？"

再看结句道：

神灵枉说有双雏。

228

无怀想道："这是怎么讲？是哪一个神灵？是怎样叫作双雏？大约这人曾得异梦，必有神灵托梦与说。"

再念第二首道：

尘海无边去路非，怀人有梦但依稀。

纵然净土留青冢，郁郁孤魂何处归？

无怀念罢，情不自禁，流下泪来，想道："若是我死了，也正是游魂荡荡，无处可归，这人身世正是与我一般。"

急看下面题款道：

玉册词人和天仙祠原韵留题。

无怀道："好个玉册词人。"转一想，叫声："哎呀，这玉册不就是'珊'字吗？分明这诗意正像是她，难道她便住在这里？真乃命数。"重复起头念了一遍，一阵酸心，放声大哭。但看词意，有死无生，益发忍禁不住，兀自痛哭洒泪，只不解双雏究是何意。思来想去，推测不透。

无怀坐了一会儿，定了定心，自念道："我负小姐，我知你清白终身，苍天苍天，怎落得我们二人飘零至此？"

无怀收泪，叫店小二来问道："这粉壁上题诗的是何人？"

小二道："小人不懂。"

无怀道："我问你，这客房内比先可有姓陈的小姐来住过？是这般这般模样。"

小二思疑道："要么是上半年有个姓范的老儿，引了他的女

229

儿来住一时，别无这年轻的女娘。"

无怀道："正是他们两个，向后往哪里去了？"

小二道："那范老儿与人喝酒，一时喝醉了，打起架来，直打到街上，还亏县里办差的李二爷拆劝，方幸无事。后来由李二爷叫车送走，不知往哪里，大约是回南去了。"

无怀反复问小二，小二也说不出旁的干系。无怀当日意决，定去丹徒县寻李二问话。

次日早起，出店来，问明去丹徒县路径，吃些早餐。正待雇车，只见一人慌忙跑过，瞪着眼看无怀。无怀一见，好生面熟。那人看得出神，忽地近前来挡着无怀，行个仆礼，叫声少爷。无怀听那人言语，也忽记起，那人原是无怀的书童，名唤墨耕的便是。当日墨耕在王家，因被白玉兰挑唆，自王石田逐出无怀之后，并将墨耕撵去不用，叫他父亲王大汉领回。

当时墨耕回家，心念无怀，每日啼泣。王大汉没法奈何，又不敢向王石田讨情，只得另托人荐去别家做小厮，一荐荐到曹家，也在无锡城居住的，是个富厚之家。本是南京人氏，因在无锡卡局里当差使，故携眷暂住。

墨耕入得曹家，仍是派在书房里听差侍役，曹家见他做事忠信，十分看觑他，只他仍念念不忘无怀。向后曹家卸任回籍，因带墨耕去南京，就令在南京家内一般服役，许他一个丫鬟配作妻子，正已并亲。墨耕把他父亲王大汉也接来南京居住，倒圆成了一个小小家庭。

这日好巧上街来，与曹家主人买些零星杂物，不防遇了无怀。主仆相见，喜极成悲，不禁感泣。

墨耕道："少爷消瘦了这般模样，小人竟一时认不得，若不是少爷却才问路说话，小人险些差过了。"

无怀道："我也想不到是你，现在哪家做事？"

墨耕道："小人现在曹老爷家，一心只念少爷。今年正月里来南京，四处打听，终没半些消息。天幸今日相遇，不知少爷却去哪里？"

无怀道："说不得起，你既在南京，也曾见陈家小姐吗？"

墨耕一惊道："观音庙陈家小姐吗？难道也在这里？却不曾见来。"

无怀叹口气不语。

墨耕道："小人近来立了些门户，娶了一妇，父亲也在这里，做些小生意。乞少爷赏脸，请去小人家坐一会儿。"

无怀道："倒也罢了，自然也去看看你父亲。"

墨耕大喜，恭引无怀投自家去了。

且说周通、卜存二人在石落村附近东奔西窜，寻不着无怀。

史卜存道："既是这院子是石家财主产业，借与谁人请客，他家合应知道，不如追讯石家。"

二人问到石家，再三探询，石家人含糊答话，总不肯直说。二人没奈何，仍走街上来。正没作道理处，只见巷口闪出一个行脚僧，周通、卜存打一看时，上前拦阻，各施一礼。

那和尚笑道："你们两个倒在此相遇，却是哪里厮会来？"

史卜存道："也正在此石落村相识。"

周通道："你如何认得我师父？"

史卜存道："他是我的师叔，如何不认得？你偏说百岁钱和尚，我道哪里又有了得的僧人。"

周通道："原来你我是一家，怪道我们拳脚相似。"

史卜存笑道："你枉自拜门学技，也不问明师父姓名。我这师叔便是雪门大师，好叫你得知。"

周通道："不是我大意，却是师父不肯说。"

雪门和尚听了，大笑起来。

不知雪门和尚与周通、卜存有何言语，且俟二十四回分说。

　　此回传张小五，接应十一回，作双雏结束。

　　题壁之诗，不详于十一回，而特详于无怀亲见之者，所谓"金陵城外认依稀"，固早已伏下此一回也。珊珊题此诗于壁，原于神签，神签之兆，见于无怀读壁，自成连环之妙。细思珊珊作此诗时，几有一死以报之意，仍补写当时旅况之艰苦。

　　下以无怀归之于墨耕，以周通归之于雪门和尚，后更以史卜郎归之于田广胜，各以其来处去之，皆有章法，行文到底不懈。

第二十四回

丈人峰三侠聚首
扬州城八义称觞

话说雪门和尚对周通、卜存道："那时我在化缘，只恐外面谣说，节外生枝，故不曾留名。"

周通道："师父今去哪里？"

雪门和尚道："我投四川峨眉山，打从徐州来，路过这里，现去泰安府。"

史卜存道："我的师父现在何处？师叔可曾相见？"

雪门和尚道："正是会你师父去，你师父在路留下口信，正找你说话。"

史卜存对周通道："我们随师叔同上泰安府如何？"

周通问道："师父是否回丈人峰？"

雪门和尚道："正是，我师兄田广胜在茅棚里等我。"

周通道："若跟师父去丈人峰最好，但因现在有个姓王的朋友被人劫去，踪迹不明，若使小人寻着，方才安心。"

雪门和尚道："你不必去，我到丈人峰后，会过田师兄，与他一路回南，即在绣龙山福缘寺挂搭。你到十二月中旬去那里会我便是。"

周通道："如此更好，小人便不奉侍。"

雪门和尚道："还有一件，我几忘却。这里客店中有两个汉子，姓范、姓薛，听说正在寻你，想是有事，你去瞧瞧，看他在店也不在。"

周通道："又是哪个姓薛、姓范的？师父如何知道？"

雪门和尚道："我也在那客店里下宿，正与他们客房隔一板壁，听他们说你名姓，好似寻你，以此知道。"

周通听说，拜别雪门、卜存，慌忙自去。

雪门和尚道："我与你也即起程，敢怕你师父等得久也。"

二人即刻雇车北行，经兖州投泰安府来，直向泰安县西北，登丈人峰顶，方到茅棚口。早见金升在门前劈柴，正待造饭，见二人直跳起身来相迎，行个仆礼，告道："主人久等大师不至，今日正下山采药去了。"

雪门和尚道："不妨，你自管造饭，我们静候他。"

二人走入茅棚来坐定，金升端茶，禀告主仆来此情形。俟至午后，田广胜回山。史卜存叩见师父，雪门和尚与田广胜相见后，各自欢喜不迭，依次坐下。

田广胜道："计算时日，你早应到来，因何在路稽延？"

雪门和尚道："我一路赶程，并无延搁。到河南时，方知你在此早候，照去年相会时节，我已赶早十日了。"

田广胜道："你如何与这逆徒同行？"

雪门和尚说过石落村相遇情形。田广胜对史卜存道："你干的好事！我叫你去无锡探周发廷，你一去便不回，也不曾有信，却在无锡城擅自杀人，又在南京城抢劫良家，入夜采花，犯罪在囚，险把性命丢去。我知道你本是有产家子弟，生成下流习性，嫖娼宿妓，把家产荡光，流为乞丐，却又瞒住我，不肯实说真话。我当时留你在家，教你艺成，原想你力改前非，替人做事，不道你无艺时做丐，有艺时为盗，生成一般下流性子，依然不改丝毫。想我侠义门中，行当为人所不能行之事，磊落光明，无一处不可对天对心。若是浪嫖良家妇女，倚仗三分气力欺负平民，那不但是盗贼，直是毒蛇猛虎，世上哪里有这样的剑侠？你辱没我门风，秽弃我技艺，我怎容得你这般浮浪子弟？速便与我死了！"

田广胜说罢，猛去袖底掣出短剑，掷与史卜存。史卜存大惊，哪敢多言，兀自跪下。

雪门和尚速去地下拾起短剑，揣在怀里，代求宽宥。

田广胜道："再容不得他，他便是我兄弟，也留他不得。"

雪门和尚道："你就看我面上，恕了他这一次。他在无锡试刀时，却都是应杀的人，并不有差。他的不是，便是采花，下次只不准他再犯。"

田广胜道："难道我叫他去看周发廷，他就可一去不回？"

雪门和尚道："这也是他的不是处。种种看我面上，若是下次有半些过犯，我便取他首级献与师兄。今日且容我一保。"

田广胜道："既你这般说，这人便交给你，若再有辱没门风的事，老师弟莫怪小兄无情，你也有干碍。"

雪门和尚道："是了是了，我们一言为定，岂有别话。"

便叫史卜存起身。史卜存被田广胜半空一霹雳，吓得眼目昏花。及得雪门和尚竭力保释，起立身来，争似见了晴天一般，谢过恩，立在旁边伺候，半晌不敢说话。

田广胜叹口气道："师弟，你不知，周发廷老师兄去世了。"

雪门和尚一惊道："倒是不知，我们多年同学，不去吊孝侍丧，多有负于老师兄了。"

田广胜道："所以我心中甚是不安，都是我这逆徒不早来个回信，我只道他不在无锡了，不然也去见他一面。"

雪门和尚叹道："当日他问我要那副软甲，我与他几番动手，血肉相搏，生死相拼。到今日他撒手归天，我也百事看空，可笑当初胡闹，不知争斗煞为的何事。"

田广胜道："可不是呢，他夺你不成，却又暗中取我那宝剑。我当时一失手，打个金钱镖，正着他身。如今想起来，也是我太顽强了。别的不说，我与你每年见面，与他竟是十多年不见。今他死了，又不吊唁，以此我心不安。"

二人感叹一回，无非谈些同学时旧事，史卜存也不免暗自感伤。

雪门和尚道："不差了，大师在山中曾说过一句话，今年我与你相见，多一个人，少一个人，我只不懂这句话，既多不少，既少不多，什么解法？及今见来，果然不差，多一个是史卜存，少一个便是周发廷了。万事有定数，唯是自己不知。"

田广胜道："大师道术高超，原不是食烟火的人了，更有哪事不知。你在大师跟前磨炼心志，将来必超上乘。这回我正是为谒见大师，早在此处候你。近来那座观音铜阁铸好了吗？"

雪门和尚道："成了，大士法身也端正入座了，内外殿廊全行完工，本定十二月初八日开光。"

田广胜道："这是师弟功德，一十万八千家缘法，真不容易呢！"

雪门和尚道："此是大师道术所致，虽说我沿门托钵，若不是我师五年前指点，到今日怎能轻易募化铸佛。"

田广胜道："真个识玄知机，说也奇怪，如何便知五年后有吕财主来求子呢？合是绣龙山气脉兴盛。"

雪门和尚道："这话对了。那绣龙山本是王者驻跸之地，当大明时代，燕王篡位，杀入金陵。比先时，那建文皇帝秉太祖洪武皇帝遗训，有刘国师遗下宝箱一只，叫患难时打开。这时打开那宝箱看时，是剃刀一柄、袈裟一领。当下建文帝领悟，即剃发为僧，披上袈裟，逃出宫来，便逃到这山上观音阁内挂搭。众僧哪里知道，却不准他住，他便逃下山来，跟随只一个太监，也扮作僧人模样，到山下时，劈面遇见一个妃子，也因燕王入宫，搜索肆杀，逃命来此。那跟随太监认得是妃子，叫见故帝，三人抱头大哭，一时奔逃不得，即在山下茅棚中住下。那妃子每日刺绣，卖些银钱，供养建文帝，因此名作绣龙山。"

田广胜道："怪道有这个山名，我只不懂，定是大师看得来龙去脉，方得今日一大丛林。"

二人说笑一会儿，史卜存在旁默听，看田广胜怒消，方才插言。三人在丈人峰茅棚住了五六日，方带金升同下山来，投江苏绣龙山福缘寺去了。

且说葛周通在路遇雪门和尚，闻知有姓薛、姓范二人来相探寻，当下直至客店，道问掌柜的，掌柜的引到一处客房。周通看时，只有一老者，却不认得。

周通道："你姓薛还姓范？"

老者道："我是范老，薛成出去了。"

周通道："好作怪，薛成也来这里吗？你老原是范老！"

范老道："你问我们干什么？"

周通道："小人便是葛周通。"

范老立起身，揪住周通道："做梦！你是葛周通？今日也来见我！无怀在哪里？"

周通道："说不得起。"

237

范老道："怎么讲?"

正说时，薛成进来，叫道："葛兄弟，哪里寻得来? 我们只少寻死。"

周通道："你去太原吗?"

薛成道："不要提，你那无怀呢?"

周通道："我只寻不着他。"

薛成道："见鬼，你把他也丢了?"

周通道："你听我说，冤怨有孽，落了这一遭。"便将出京来到石落村一路情形讲了备细。

范老道："怎么得了? 我们如何回得去?"

薛成道："不要慌，既在这里，难道怕他土遁去? 大家去寻是了。"

周通道："不济事，我与史卜存两个不拘哪里都寻到，只不见他。"

薛成道："史卜存呢?"

周通道："跟我师父上丈人峰去了。"

薛成道："你怎么不叫他们两人帮着找寻?"

周通道："为是他们有事走了。"

薛成道："你怎么知道我在这里?"

周通道："也是我师父说的。"因将雪门和尚的话述了一遍。

范老道："原来那和尚是你的师父，看不出倒有本领的。"

薛成道："你千不拜，万不拜，拜和尚做师父干什么?"

周通道："莫小觑他，我师父是个万人敌的英雄。"

薛成道："我不信，和尚这东西最靠不住。"

范老道："我们且不管他，只今日怎么办?"

周通道："你们本待去哪里?"

薛成道："我们打算去浦口李二家询问一回，再去扬州。"

周通道："史卜存对我说，李二兄弟已不在浦口，跟那江宁县知县调到丹徒县去了。我思量起来，无怀若是已逃出来了，必去浦口，去浦口扑了空，必然投镇江。我们在此不了，不如去镇江探一回，再作商量。"

范老道："不妥，我们且周遭再寻一回。"

薛成道："也说得是。"

当下三人又分道去寻。一住七八日，哪里有些踪影，只听江湖上朋友在路谣传，张小五以一千两白银赎出姓王的客官，好生义气。

周通道："必是无怀无疑，那只信箱原是张小五的，说不定小五收回信箱，赎回无怀去了。"

范老、薛成将信将疑，既无路可钻，只得离石落村，投扬州来。三人于路留心察探，终究杳无踪影。来到扬州，已是十二月初旬，三人起岸进城，至居明记糟坊。只见店门前挂灯结彩，早听得锣鼓喧天，百乐齐鸣，一似在内行喜事。三人惊疑，刚跨入店门，只见李大、李二兄弟在店堂招呼，一见三人，直跳出前来迎迓，喜笑不迭。范老忙问有何喜事。

李二道："今日正是居老五十晋五寿辰，我们因他老人是一地福星，与他祝寿，因此有些排场。三位来得巧极，陈三郎也正到来。"

范老即将周通与李二兄弟介绍相见，五人同入内厅，早见陈兴在厅上与居敢当谈笑。范老、周通、薛成先与居敢当拜寿。居敢当回礼毕，通问薛成。范老即将薛成介与陈兴、居敢当都见了，一堂宾主，笑语声喧。

居敢当问："王家少爷怎么不来？"

范老叹口气道："只是失散了他，再也寻不见。"

众人听说都愕然。周通方将一应情由当众备说一遍。

居敢当道："这是江湖上有名老骗子陆正明，你们着了道儿。既是张小五在一处，他们自有纠葛，谅王少爷无性命之虞，我们再行设法访查。"

陈兴道："今日是居老寿辰，我们大家应欢乐喝酒。"

众人都道："是极！"

居敢当道："贱辰何足称觞？却是众英兄在座，难得满堂一会，正宜取快。"

无移时，陈设酒席，安排果肴，薛成、陈兴、葛周通、范老父子、李大兄弟七人依次入席。居敢当亲自陪席。范木大执壶，共是八人，团团一桌。其余诸客，居敢当叫儿子陪席，自己但周遭应酬一回，仍来陪坐，与众人说话。因问薛成等三人如何巧遇，薛成、周通、范老各自详说一路景况。众人听至妙处，拍掌大笑，巨觥满饮。周通说至史卜存随雪门和尚去丈人峰会师父。

居敢当道："可惜史郎不在座。"

薛成说至傅有盛叫自己坐皮箱内，运出口外一段话，众人笑不可仰。

居敢当道："今日只少那史郎与这傅老，若是这两人在座，真乃海内英雄尽在一堂。居敢当今虽小小生辰，却是宾客都英雄了得，与众不同。"

陈兴道："今日又应八仙之数，正合庆寿。"

范老道："若说起八仙来，要算我是铁拐李。"

薛成道："你又不脚跷，我那日在皮箱内真扮煞铁拐李！"

说得众人大笑起来。

周通道："闲话休说，今日居老正寿，明后日一连暖寿三天，

240

大家公敬。"

居敢当连连辞谢，众人都道："你老寿星不准多话，只许我们做主。"

周通道："三天后，我要去绣龙山福缘寺，因与我师父有约，在那里相会。我师伯田广胜与史兄弟都到。"

居敢当道："要去大家去。"

陈兴道："说起福缘寺，那个无来大师真是年高有德。"

范老道："我们去问问无怀下落，倒是不差。"

居敢当道："说得是，今日陈小姐知你们回来，又不见无怀，她心中万分焦急，索性陪她去烧香，敬求无来大禅师指点，也好使她放心。我们在座诸兄一个不能走，都要陪去。"

薛成道："我不去，我见了和尚只一肚子气。"

众人笑问什么道理。

薛成道："摇摇摆摆，鸭不像鸭，鹅不像鹅，走着路便拜，说句话便念阿弥陀佛，越是如此，越是男盗女娼。"

众人又大笑起来。

范老道："田广胜在寺里，你也应去会他。"

薛成道："这话有理，我可同去。"

众人即在席间议定，一时酒罢，都在居家宿歇，果然暖寿三天，每日宴饮取乐。第四日清早，居敢当雇好大小船两只，叫珊珊带老奶妈坐一船，在座八人共坐一大船，开向绣龙山下来。于路无非说些笑话，船既泊岸，十人登陆上山，一路有婆子、游客们烧香不绝。来山顶上看时，殿宇巍峨，焕然一新。一入山门，便令人肃然起敬，早有知客僧前引，入客堂坐下。居敢当叫老奶妈陪珊珊进观音阁及三世佛座前拈香毕，早见史卜存引田广胜、雪门和尚出来，与居敢当、范老、陈兴、薛成、葛周通、李大、李二、范木大八人相见，各叙仰慕之意，依次坐下。

雪门和尚道："小僧奉本寺长老无来大禅师之命，叫迎接众位。众位来意，大师已明。陈小姐与王家公子都是名门之后，正是双雏遭劫，自有缘法，共证菩提，不必寻访，到日自能相会。大师并说与众位缘浅，改日陪坐。"

众人听说，伸伸舌头，各自惊疑。只薛成白着眼珠，老大不服气。

当下众人与田广胜、雪门和尚说些闲话，同游新寺一周，仍循原路回扬州去了。

毕竟王无怀、陈珊珊结局如何，众英雄如何尚侠行义，以及无来、慧海两禅师全传，待在《艳塔记》中从头细细分说。

此回结束全书，以丈人峰聚三侠，应第一回与前记第十八回文字。以居敢当祝寿为连锁，集八义于一堂，并收前几回文字。又以十一人聚会于福缘寺中，隶于年高有德之僧人，而总收之。更随笔收拾王、陈双雏之流离，一应于神签，再应于和韵。文情丝丝入扣，斐然成章。

242

图书在版编目(CIP)数据

双雏记／泗水渔隐著. — 北京：中国文史出版社，

2020.2

（民国武侠小说典藏文库·泗水渔隐卷）

ISBN 978 - 7 - 5205 - 1670 - 9

Ⅰ.①双… Ⅱ.①泗… Ⅲ.①侠义小说 - 中国 - 现代

Ⅳ.①I246.5

中国版本图书馆 CIP 数据核字(2019)第 261395 号

点　　校：清寒树　旷　野

责任编辑：牟国煜

出版发行：**中国文史出版社**

社　　址：北京市海淀区西八里庄 69 号院　邮编：100142

电　　话：010 - 81136606　81136602　81136603　81136605(发行部)

传　　真：010 - 81136655

印　　装：廊坊市海涛印刷有限公司

经　　销：全国新华书店

开　　本：720 × 1020　1/16

印　　张：16　　　字数：203 千字

版　　次：2020 年 2 月第 1 版

印　　次：2020 年 2 月第 1 次印刷

定　　价：56.00 元